新井一二三

[日] 新井一二三 著

新井一二三的东京漫步地图
——从橙色中央线出发

上海译文出版社

目录

序 / 001
我为你画的东京地图

起站：东京 / 013
橙色列车开进来……

第二站：神田 / 030
先来填饱肚子吧！

第三站：御茶之水 / 040
身在异国之境

第四站：水道桥 / 饭田桥 / 062
东京的威尼斯

第五站：四谷 / 070
从地下进入王室殿堂

第六站：信浓町 / 千驮谷 / 078
运动场上的青春

第七站：新宿 / 086
回到八〇年代

第八站：中野 / 101
文化新大陆

第九站：高圆寺 / 109
文学舞台上的青春与梦

第十站：阿佐谷 / 117
飞越时空到北京

第十一站：荻洼 / 126
品尝老东京

第十二站：西荻洼 / 132
用摇滚来烧烤

第十三站：吉祥寺 / 136
东京梦

第十四站：三鹰 / 144
走访文人散步道

第十五站：武藏境…… / 151
向西前进

第十六站：西国分寺/国分寺 / 159
月台上的传统风味

第十七站：国立 / 171
在富士山脚下

第十八站：立川 / 180
静止在一八八九年

第十九站：日野/八王子 / 187
这里不是东京

终站：高尾 / 192
并非完结的终点

序
我为你画的东京地图

有一本书,我想为你写,是关于东京的。

也许,你已经来过东京一次。跟着旅行团走了台场、浅草、迪士尼乐园。

也许,你已经来过东京很多次。自己逛了银座、六本木、神田神保町。

也许,你还没有来过东京。

无论如何,你不可能知道东京的全貌;因为这座城市实在很大。

即使是土生土长的本地人,亲身经验过的东京大概也只有几分之一而已。除了家住的地方,学校、公司的所在地,几个大家常去的闹区,如新宿、涩谷、原宿以外,对这一大块土地,恐怕相当陌生。

比如说,我,一个生于斯长于斯的东京人,前后做了三十年的东京市民。可是,连第一次来观光的外国游客都去的地方,像台场、迪士尼乐园,我却一次也没去过。

"你的兴趣很偏激吧?"我听到了你说。

确实有所偏激。

不过,你问问常去台场、迪士尼乐园的东京青年到过神田神保町没有。我估计,人家十之八九会瞪着眼睛反问道:"请问,那是什么地方?"

迷宫都市

建筑史家阵内秀信说,东京是"迷宫"。我觉得这比喻蛮恰当。

东京的马路,没有一条是直线走的,反而像蜘蛛网那样,蜿蜒却互相连接,让人容易失去方向感。

例如,离御茶之水车站不远,被老一辈文人喜爱的山之上饭店后面,有地下葡萄酒吧门口的地方,隔着坡道是锦华公园,从中间走下来,应该到骏河台下十字路口,往右拐就是神田神保町书店街了。可是,我每次在那里,都忽然迷起路来,神秘地忘记何从何去,不敢相信自己至少来过一百次。原因很简单:斜坡上去,转进另一条斜坡走下来,再拐弯到斜行路,简直像蒙眼转了几次身子一样,正常人也不可能保持方向感的。

好不容易走到了骏河台下,沿着靖国通,往西走一段应是书店街，往东走则该有滑雪板店街。然而，站在十字路口，两边都望不到的，因为这条马路的形状好比是从洞穴里蜿蜒出来的长虫一样……

不管是长期居民、新来者还是外地人，随便上街走东京小路，很容易迷失的。连出租车司机都会。尤其在住宅区单行道特别多，拐来拐去，每次回到同一个地点，总出不去"迷宫"是多么恐怖的经验！

黑箱般的地铁网

巨大"迷宫"的居民一辈子不知东南西北。从城中一个地方，移动到另一个地方，大脑也不一定认识到相对方向。

在一个地方下楼梯搭地铁，到另一个地方下车出来，中间都在地下隧道里，根本不知道自己到底往东，往南，往西，还是往北走了。

东京地铁网越来越发达，越复杂，越混乱。有些车站作几条线的交叉点，本来是为了乘客换车方便；然而，实际上，月台和月台之间往往非常远，走了十分钟都到不了。这么一来，令人怀疑是否坐车过去快些，但该坐什么车去呢？我现在究竟在哪里？

这样的地铁简直跟"黑箱"一般：人们只知道起点和终点，犹如化学实验的起因和后果，关于过程却完全是"？"。

到了目的地站后，看着门牌找地方几乎不可能。这里没有"××街××号"那样简单易懂的地址，而永远是"××区××町×丁目×番地×号"。如果光凭地址看地图，找到了要去的地方，你保证会赢得本地人的赞扬。

所以，在东京，不仅是出租车司机，连邮差都常常迷路。怪不得，卫星全球定位系统一上市就普及得异常快。

个人化地图

巨大"迷宫"的居民，在脑海里，都有张个人化的地图。

比如说，住在目黑、在涩谷上班、晚上约朋友去六本木玩、周末回世田谷父母家去的女职员。她脑海中的东京地图，大概只包含市区西南部的一块而已，大约才三十平方公里。对她来说，东京北部的板桥区、足立区等，几乎不存在一般，简直跟北海道、冲绳一样遥远，一辈子没有机会去都说不定。

总面积达二千二百平方公里的大都会，实际上是无数张个人地图拼接、重叠而成的。

所以，你来东京，即使是四天三夜，也最好有一张地图。

很多朋友从外地、外国来这里。我总觉得，只要自己有足够的时间和资源，很想带他们在我的个人地图上走走。可是，我现在明白，时间和资源永远不够，乃宇宙定理。于是想到写这一本书，给你当参考。

随身携带两种地图

大"迷宫"的居民认识方向,不可能凭蜘蛛网般的马路。反正,市区公路常常堵塞,自己开车或叫出租车总不如搭电车、地铁方便。于是在东京,最常见的公共地图为两种铁路图。

第一种是地铁路线图,所包含的范围基本上跟市区界限(东京二十三区)一致;用十三种颜色标志着十三条地铁的路线。丸之内线涂成红色,东西线涂成粉蓝色,银座线涂成黄色,日比谷线则涂成灰色……这些颜色长期固定,对东京

● 东京站月台。

居民来说特别熟悉。

这张地图看起来很像电路，乃人们在大都会这个精密机器内部移动的时候，必须理解的一套密码。除非你经训练后，能够在脑袋里自动连接特定的颜色和相应的路线，否则看着图也很难迅速找到要去的地方，因为车站特别多。

第二种则是地面上设的JR各线以及各家私铁的路线图。东京人认识方向时用的就是这一种。毕竟，在看不到天空的地下隧道里，不可能知道东南西北，除非你母亲是鼹鼠。天上有了太阳，能看到外景，就好说话多了。

你在东京单独上街，最好随身带有这两张交通图。

小狗型都市

现在，概说一下东京地理。

东京是一千二百万人生活的大都会。跟其他国家的首都比起来看，比北京、纽约、伦敦都多出六成以上。

总面积达二千二百平方公里；东西大约有九十公里长，南北则有二十五公里宽。本地小朋友学故乡地理时，老师告诉他们说，东京的地形是"头在西边，尾巴在东边的小狗型"。

市区占小狗的下半身，以皇居（原江户城堡）为中心，一共分为二十三个"区"（千代田区、中央区、港区、涩谷区、新宿区……），大约八百万人居住。小狗躯干部则为郊区，分成二十六个"市"，人口日益增加中。它头部主要是山林；这儿和南方海面上还分布着属于东京都的五个"町"和八个"村"。

不同特色，不同文化

前边提到的第二种交通图，除了"区"部以外，还包括西郊"市"部（用旧地名，亦称为多摩地区），以及东邻千叶县、北邻埼玉县、西南邻神奈川县。

日本首都圈，往往简称为"一都三县"，指的就是东京都以及三个邻近县，总人口达三千万。看第二种交通图，就容易理解：从整个首都圈，人们每天搭各条铁路往中心区——全国政治经济的心脏部——上班、上学。他们白天的活动主要靠第一种交通图上的地铁网。到了晚上，大家又坐四通八达的铁路回周边地区去。

虽说一样是首都圈，但每条铁路沿线都有不同的居民文化；除了各地独特的历史外，另一个原因是各私铁公司开发了沿线的郊外住宅区，公司老板当初的想法至今反映在各住宅区的风格上。

比如说，由涩谷向西南通往横滨的东急东横线、田园都市线沿线，充满着明朗、洋气的中产阶级气氛；因为横滨是早年的开放港口，好比是日本的上海，外国事物进来得比东京早。至今东急沿线保持着"摩登"的印象，常作流行连续剧的背景。

再北边一点，由新宿通往箱根温泉区的小田急线，则有高尚华丽的教育气氛，因为沿线有成城学园等标榜自由主义的私立学校。同样由新宿往西的京王线，虽然也有教育气氛，但是比较而言刚健质朴。

西武新宿、池袋两条线的形象则低调得多。除了西武狮子队棒球场和游乐园以外，沿线没什么特点，主要为学生、单身上班族提供廉价住宿。

至于由池袋往西北的东武东上线，以及由浅草往日光的东武伊势崎线，在其他地区的东京人看来，是农村人来首都时利用的铁路。沿线风气保守加上土气，地价、房价也相当便宜。最近，一部分东武列车开始经过地铁网络开进东急线轨道上去，由于双方的沿线文化非常不同，两边居民都感到非常别扭。

这里提到的东急、小田急、京王、西武、东武各公司，除了办铁路、开发住宅区以外，也都经营百货公司和超市。沿线居民每天在站前超市买东西，周末坐电车到总站逛大楼内的百货公司。

各沿线居民平常利用的商店不同，结果打扮出来的风格也不一样，因而进一步加强了各线生活文化之间的区别。

日本第二城市大阪也有同样的情况。阪神、阪急、近铁、南海等各私铁沿线地区的气氛都非常不一样，各有各的特色。

生于中央线，长于中央线

我的个人地图上，有橙色的横线条，乃JR中央线轨道。我的东京是沿着这条铁路细长分布的。

中央线的起点是东京站，以横倒的S字形穿过市区后，由新宿一直往西到高尾，乃总共有三十二个站的通勤路线。全长达五十三点一公里，其中二十四公里（中野—立川）是用尺画的一条直线；在全日本是仅次于北海道室兰本线，第

● 从东京站到中央线各站所需时间。

二长的直线铁路。

日本有首儿童歌曲叫《铁路永远延续》。中央线的轨道也并不是到了高尾就结束的，反而是经过甲府、松元等地，一直延续到名古屋去。不过，东京人所谓的中央线，只包含橙色"快速"疾驰的五十三点一公里而已；至于长途列车走的部分，则称为"中央本线"。

JR是以前的日本国有铁道（JNR），一九八七年私营化以后才叫作JR。不过，中央线最初也是私铁公司甲武铁道一八八九年在新宿—立川间设的路线，直到一九〇六年才被国有化的。

也许跟早期历史有关，中央线至今有与众不同的风格。比如说，出版、影视界很多公司、工作室都选择设在这里。江户时代的官方学问中心地（御茶之水），明治以后继续吸引了各时代的文化人，二十世纪后半曾作对抗文化的首都，至今保留着波希米亚文化气息。

我偶然在沿线出生长大，直到今天还住在沿线。每次搭橙色列车往中心区，都从车窗看到三十年前毕业的小学。老公从大阪来了东京，做了沿线居民以后，沿着铁路搬来搬去，二十多年没有离开过这条线。

中央线只不过是全东京的几分之一，我都不敢说有代表性。然而，谁也不能否定中央沿线是个挺有个性的小区，长期居民形成了一种文化族群。

我想在这本书里给你介绍的，就是中央沿线的历史、文化、生活。

很对不起，时间和资源不允许我带着你慢慢走。不过，看了这本书，只要买一张车票，你就应该能够发现你自己的中央线，个人化的东京。

好吧，我们现在就开始！

起站：东京
橙色列车开进来……

- **探访江户时代** | 东京 STATION HOTEL、东京 STATION GALLERY、皇居东御苑、将门首塚
- **吃吃喝喝** | 山茶花酒吧、银铃广场地下楼
- **悠闲散步去** | 青山绘画馆旁、风之散步道、行幸通、江户城遗迹

第一次，一个人

站在东京火车站第一号月台，等着中央线快速列车开进来，看到对面涂成暗红色的车站大楼外墙，我总想起小时候很不安的感觉。

那年我大概才十岁。

暑假里，跟小阿姨一家人一起去房总半岛的海水浴场待了几天。是他们带我一个人去的；哥哥、弟妹、父母都没有

去。大家坐旅游巴士回到东京火车站,小阿姨他们要换坐地铁回自己家去了。我一个人则要从第一号月台搭中央线走。

"不用换车,二十分钟就会到。你没问题吧?"

小阿姨担心地俯身探着我的表情问。

我闭着嘴巴点头了。虽然心中有点不安,但是不敢说出来,因为在大人眼里,我是个稳当可靠的女孩子,怎能辜负人家的信赖?

之前,我已经单独坐火车,在自己家和姥姥家之间,往返走过几次了。可是,去姥姥家坐的是绿色车身的山手线和红豆色的常盘线。至于橙色的中央线,我从来没有独自坐过。

"第一次","一个人",是我感到不安的主要原因。但是,还有别的。

那是暗红色的车站大楼外墙。

看起来相当古老,似乎属于我没有出生以前的年代。一九七〇年代初,东京早已开始现代化,新盖的摩登大楼到处都是。然而,那外墙可不同,好像是打仗时期留下来的。

我对战争的知识,大部分来自母亲回想自己的孩提讲的悲惨故事。她是在被美军空袭弄成废墟的东京长大的,饥饿、孤独、暴力、恐惧充斥着她对幼年的回忆。

不知怎地,暗红色外墙让我联想到最可怕的经验。

一九七〇年代初,日本媒体经常警告,东京附近不久要发生大地震。科幻小说家小松左京写的《日本沉没》成了畅销书。

好像车站大楼外墙的暗红色起了催化作用。母亲讲的故事和电视新闻播放过的消息混在一起，产生了奇怪的形象。

看着血迹一般的颜色，我有幻觉：橙色列车没有离开东京站以前，大地震就发生，我跟好多人一起在这儿丧命，家人大概也会死。今生今世，我们再也不能团聚了。

幻觉归幻觉。

火车隆隆地开进来，我跟别人一起上车，安全顺利地回家去了。

一个爱之物语的地方

我第一次读到东京STATION HOTEL，是在森瑶子的爱情短篇集《HOTEL STORIES》里。这家饭店非常特殊的位置和设计，给我留下了极其深刻的印象。

森瑶子写：这是火车站附设的西式旅馆，从客房窗户看得到检票处、月台和不同的旅客去长途旅行之前的种种表情。她也说：这家饭店是好多年以前用红砖头盖的，古色古香，挺有风格。

当时，我在海外漂泊中。身在遥远的北国小镇，一个人躲于整天开暖气的公寓房间，忽视外头刺人的空气，看着同

● 东京STATION HOTEL：千代田区丸之内一丁目九番一号。电话：0332312511。http://www.tshl.co.jp。东京STATION HOTEL建立于1914年，全幢建筑使用八百九十万块红砖建造而成，是大正时代的经典代表建筑。

胞女作家写的华丽残酷文章，在我脑海里，红砖头的东京火车站饭店有了非常清楚的轮廓。

大都会潜藏处一般的位置，不仅为小说提供有趣的背景，而且特别符合森瑶子写的让单身女人耽溺的婚外情故事。

大学毕业不久就离乡背井的我，对东京的理解，一方面停留在模糊的幼年记忆阶段；另一方面，在外国热中看难入手的日文书，分不清事实和虚构的故事色彩，难免越来越浓厚。

然后，我又搬去亚热带的大都会，偶然认识了一个日本小伙子。为了看他而飞回家乡，第一次踏进东京STATION HOTEL时，我已经三十多岁了。

山茶花酒吧

好多年没到过的东京火车站大楼,绕了地球回来看,原来是英国维多利亚时代新文艺复兴式建筑。

我们下了中央线,从第一号月台搭扶手电梯到一楼,就看见古色古香的红砖头上用白石头做的可爱装饰。好比是淑女礼服上系的丝带,真漂亮。

出乎预料之外,在凡事以先进为快的东京,中央停车场却保留着前世纪的遗物。我自己小时候曾专爱过新的一切,对于过去的亡灵反而怕得要命。好多年在地球不同的角落待过以后,方发现了古董的美感。

小伙子带领我走出检票处,马上由旁边门口进入了深红色天鹅绒和金线饰带闪亮亮的饭店大厅,再上楼梯,到里头的酒吧"CAMELLIA(山茶花)"去了。

山茶花,在西方人看来是很有东方味道的。我记得曾收到过以"茶花小姐大鉴"开头的英文来信。

"不错吧?"

我点头同意。以树的内部作为设计很有欧洲古典味道。站在马蹄形柜台中间的酒保,年纪不小不大,说话不多,但特别懂得调酒,也很会侍候,总而言之非常专业。

暗红色的建筑绷带

后来，我正式搬回日本生活，常有机会到东京火车站了。关于它，本来七零八落的记忆和知识片段，花了几年工夫，慢慢开始相连起来。原来，人生是天然的七巧板。

红砖头火车站是一九一四年建成、开业的老建筑物，乃国家指定的重要文化财产。最初在丸之内南北两出口有拜占庭式的豪华圆顶，可惜在第二次世界大战末期的空袭中，受到了严重的破坏。

为了赶快修复，当年的国有铁道工程师把本来三层楼的站房改成两层楼，也在瓦解的红砖头上砌了灰浆，并涂上了暗红色油漆。当时只是当作应急措施而已，谁料到，六十年后的今天仍旧是那个样子。

使十岁的我极其不安的暗红色外墙，果然是战争破坏的痕迹，血迹鲜明的建筑绷带。

不仅如此，那之前，红砖头的东京火车站也发生过原敬首相谋杀案（一九二一年）、滨口雄幸首相狙击案（一九三〇年）等几宗血腥事件。

我惊讶地发现：少女的直觉竟没有错！

到此一游的小说家们

至于东京 STATION HOTEL，比火车站晚一年开业，至今占着红砖头大楼的南边约一半。

据说，种种台面下的政治交涉曾在这里进行过。红砖头老建筑始终散发着神秘气氛，显然有其历史原因。

天真的小孩会害怕，可是有些大人倒会被个中之美所吸引。尤其是艺术家。酷爱这家饭店的作家，森瑶子并不是第一个。

诺贝尔文学奖得主川端康成于一九五〇年代长期住在三一七号房间，透过玻璃窗户俯视着丸之内南出口检票处的人流，写出了小说《女身》。至今有书迷自日本全国而来，指定该房间想要逗留。

推理小说大师松本清张，也是同一时期的常客，躲在客房里完成了《点与线》。不必说，两部作品都以东京火车站为重要背景。

哥特式侦探小说家江户川乱步的作品世界，跟东京 STATION HOTEL 的气氛特别适合。在他的代表作里，主人公明智小五郎就在这家饭店与死敌怪人二十面相展开殊死斗争。

红蔷薇和巧克力

红砖头东京火车站一直没有拆掉改建，如今却有具体的复原计划，全归功于市民团体多年来很热心的活动。

"爱护红砖头东京站市民会"成员中包括著名建筑家、作家、音乐家、演员等，但是基本性质很草根，日常活动以女性为主，所采用的手段也相当女性化。例如，每年二月十四日的情人节，一些成员就带红蔷薇和巧克力访问站长以及负责官员，请愿保护老建筑。

过去几次，具体的改建计划被提出过，都是从商业主义出发的，跟女性们纯爱老房子的心正面冲突。她们要维护文物以及东京的景观。

虽然没有大资本，但是日本欧巴桑富有机智和活动力，每次都以软性手段成功地阻碍了大集团的计划。比方说，她们举行站内音乐会、写生会、"我的东京站"作文活动、设计图展览会等，一次又一次地唤起了广大市民对这火车站的关怀。

丸之内中央出口边，红砖头房子靠北的一部分，今天作为"东京STATION GALLERY"[1]对外开放。很多美术爱好者异

---

1 东京STATION GALLERY：千代田区丸之内一丁目九番一号。电话：0332122485。http://www.ejrcf.or.jp。周一、年底、年初休息。

口同声地说是全东京最可爱的画廊。这也是女性们的活动留下的具体成果。

两个展览室的墙壁为原物老砖头。在史迹般环境里能鉴赏美术品是着实难得的经验。在二楼的咖啡厅,能喝到一杯好咖啡,也能买到纪念咖啡豆,更能透过圆形小窗户望到绿油油的皇居森林。对面好宽的一条路就是"行幸通"了。

公主的家

红砖头东京火车站直接面对着皇居,即日本天皇和皇后的住所。其实,当年建设中央停车场的重要目的之一,乃为了给天皇提供坐火车去访问全国各地之方便。

从外边看站房,正中央有"闲人勿进"的小广场式停车场,就是皇室成员专用出入口,里面则设有贵宾室。天皇和皇后每次到外地去,都先从皇居坐汽车,通过四百五十米的"行幸通"到这里,然后由普通人看不到的秘密通道上月台去的。

好神秘。

不过,并不是每一个皇室成员都是那样。

天皇的闺女纪宫清子公主发布婚约时,她平时的生活也被介绍过。热爱小动物的公主在一家鸟类研究所做兼职研究员。每个星期两次上班时,都带亲手做的便当去。下班以后,偶尔跟同事们一起去居酒屋。散会后，公主自己坐地铁，直到皇居外面的二重桥站，然后徒步回家去。

如今皇族的生活也跟过去不一样了。结婚后的清子公主单独去超市买菜。但是，始终没有一般人那么多的自由。例如，公主订婚的消息被传播以后、正式发表以前，她和未婚夫好几个星期都不能见面，免得被狗仔摄影记者发现。

好在今天有手机和网络。想象三十多岁的大龄公主在皇居的私人房间里，拼命动大拇指给未婚夫写 E-mail，可怜是可怜，但也真有趣。

皇太子妃的喷水公园

东京有几条非常美丽的散步道。例如，青山绘画馆前边，两边种着银杏树的一条路。或者从三鹰车站到井之头公园的"风之散步道"。其中，最有高贵气氛的，不外是从东京火车站到皇居的"行幸通"了。不仅车道与人行道都相当宽，而且被指定为美观地区，周围没有碍眼的广告牌和电线。

位于丸之内出口前面左边的高层大厦就是日本最有名的办公大楼"丸之内 BUILDING"。后面一条街开了些欧洲名牌店和咖啡厅。

这一带，二十世纪初曾俗称"一块伦敦"，一百年以后

● 雅子妃的喷泉位于和田仓公园，为纪念天皇结婚而建造的。

则在进行"曼哈顿化计划"。建筑材料有砖头和水泥之区别，高度也很不同了。但是，给人的感觉始终很西洋。

沿着"行幸通"再走一段，就到"江户城遗迹"的解说牌。和田仓门附近的风景，既有松树又有日式城堡建筑，仿佛武士统治的时代，日本得很。

两者的对比，其实，非常东京。

在这儿回头看，红砖头车站显得非常壮丽。

有位建筑家说，"行幸通"两端，红色火车站和绿油油的皇居面对面，是东京唯一的巴洛克空间。看了一眼就体会到是什么意思了。

到了和田仓公园，在八点五米的大喷泉边坐一会儿为好。这本来是为了纪念天皇结婚而建造的（一九六一年），后来皇太子结婚时候重新装修过（一九九五年），一般称为"雅子妃的喷泉"。她的自由度似乎没有小姑子大，今天恐怕不可能一个人来这里看喷水了。

很可惜，因为这里的景色真的特别棒。尤其公园内附设了餐厅以后，成了东京新人摆喜宴的当红地点。从每个座位都能看到喷泉和皇居森林。平日中午的自助餐价格很合理，下午则提供茶点[1]。

---

[1] 皇居外苑和田仓休憩所：电话：0332142286。午餐十一点到一点半。下午茶三点到四点半。晚餐五点半到九点全为法国菜套餐，要预约。

● 跨越城河的和田合桥。

世界最大的空虚

皇居前广场很大,比北京天安门广场还要大。处处种有松树,地面上铺着白色圆石头,看起来很漂亮,走起来特吃力,大概是为了不让举行大规模活动的缘故。

罗兰·巴特曾说过,东京的中心有空虚,指的是无边无际、如今呈现原始森林状态的皇居。前边的广场虽然有人工化美感,但是缺乏任何公共活动。这里是世界最大的空虚,而非西方意义的广场。有禅味。

坐旅游巴士来的游客会直接到二重桥前边拍集体照去。单独游客不如往相反方向，沿着鸭子、白天鹅、麻雀飞来的护城河，经过PALACE HOTEL，一直走到大手门，到"皇居东御苑"[1]参观江户城遗迹去。东京市区风水最好的地方，一定值得。

平将门传说

从大手门出来过条马路，左边有三井物产公司的总部大楼。隔壁有个小庙，乃"将门首塚"，附近公司职员不停地来拜。

平将门是公元十世纪的武士，在关东地区逐渐获得大权力，甚至发动起义，自称"新皇"而宣布独立（史称"天庆之乱"）。最后被捕，在京都河边被砍掉了脑袋。据传说，他脑袋在空中飞行几百公里，竟然回到故乡关东来了。落地点为当时的"芝崎"，今"将门首塚"所在地。

附近居民埋葬了平将门脑袋，可是天崩地裂不断发生，使民心动摇至极。于是神田神社（又称神田明神）住持祭祀

---

[1] 皇居东御苑：免费入场，九点到四点，周一、五休。

● 平将门坟墓：现东京都千代田区大手町一丁目一番一号。

● 新井一二三在平将门墓碑前。

平将门灵魂，不要他继续作祟了。日本神道有祭祀败军之将的传统，主要出于对怨灵的惧怕，乃东洋所谓的"御灵信仰"。

在"将门首塚"内的介绍牌说：平将门发动起义的时候，中央政府派来的官员非常腐败，人民生活特别艰苦，因而老百姓对当地出身的平将门抱有很大的期待。后来，他遭逮捕被处刑，人们怀念已故英雄，乃主动建立"将门首塚"。

三百年以后，经战国时代众军将之间的激烈斗争，德川家康统一全国，在江户开了幕府。为了进行大规模工程，把明神迁到外神田地区去，之后当作地主神，一贯给予支持。江户人普遍把平将门当作"锄强扶弱的关东英雄"。加上幕府以公费支持神田明神，可以说他成了江户最重要的"御灵信仰"对象。

神田明神早迁址，"将门首塚"却仍然留在原地。据传说，过去几百年，每次企图动它都发生可怕事件，如有人受伤、死亡等。到底属实还是迷信无法判断。总之，人们一直为平将门举行安魂祭是历史事实。附近公司也为了回避冤魂作祟，命令职员定期参拜。

根据平将门传说而写的文学作品相当多。其中，荒俣宏于一九八七年问世的《帝都物语》为总发行量三百五十万本的超级畅销书，曾轰动一时。

去"将门首塚"参观的人至今不断。有关网站也不少。其中，很多都警告不要拍摄墓碑或倒上清酒（日本人扫墓时常见的行为），免得惹祸。可见"御灵信仰"在日本影响力多么大。

　　离开东京站以前，建议到"银铃广场"地下一楼候车处。此处展览着人头大的铃，很特别。旁边有意大利式咖啡吧。对面有卖红豆沙馅的东京甜点"鲷烧"，热腾腾的真好吃。

第二站：神田
先来填饱肚子吧！

- **吃饱喝足的美食极道** | 荞麦面、咖啡、炸馒头、鸡肉锄烧、火锅
- **悠闲散步去** | 万世桥、靖国通

老东京口味

橙色中央线快速一离开东京站，两边就看到机关公司的灰色大楼。

我喜欢左边窗外，红字标志的东京国际邮政局。每次看到都一定想起，好多好多年以前，这世界还没有网络以前，为了跟全球旅行中的朋友联络，寄航空信到各国首都的国际邮政局去，c\o Postmaster。

细长而周围有蓝红斜条，印着 PAR AVION 的航空信封，好久没看见了。当年，它显得多么好看，比普通信封高人好

几等似的。

一过首都高速公路都心环状线，窗外景色马上变化。密密麻麻数不清的中层大厦上，看到各种各样的广告牌：餐厅、酒吧、小钢珠店、便利店、高利贷、英文学校……

已经到了皇居美观地区外。这儿是小职员上班的地方。

很快，列车将停在第一个站神田了。

东京—神田之间的距离，才一公里多而已。但是，两个站附近的气氛，可以说正相反。

跟官派丸之内不同，神田自从江户时代一贯是老百姓生活的地方。锻冶（铁匠）町、乘物町、绀屋（染蓝坊）町等，车站附近的地名显示这里曾经有各行匠人的工作间。

你若对老东京口味感兴趣，请一定在这里下车，因为有"神田食味新道"，乃特级老字号食肆集中的地区。

"横纲"级老饕

由神田火车站北口出来，往前（西北）走三百米，经过须田町一丁目红绿灯后，继续往前走一段，左边的三角地，就是神田食味新道了。

沿着大马路靖国通往左（神保町方向）走几步，有十九世纪中明治初年创业、现由第三代老板经营的荞麦面店"松

● 松屋（Matusya）：神田须田町一丁目十三番地。

屋"。这儿是已故历史小说家池波正太郎曾常光顾的地方。

池波是日本文坛上特有名气的美食家，能够跟谷崎润一郎相比的"横纲"级老饕。他非常喜欢神田须田町、淡路町一带（旧地名为连雀町），因为这里在第二次世界大战中没有遭到空袭，至今保留着好几家老字号食肆，在东京市区算是奇迹般的例外。古老的木造房子充满魅力，所供应的饭菜又特别正宗，让现代人品尝到十九世纪东京的口味。

一九二三年在东京浅草出生的池波，小学一毕业就在日本桥茅场町的股票行当了徒弟，十几岁开始跟伙伴一起来连雀町享口福。他当年常光顾，并留下了不少人生插曲的馆子，大多仍然在经营中。

旧地名连雀町，取自"连雀"，即藤制背包，乃古时商人为运输商品而用的。显而易见，今天的神田食味新道两百年前是藤匠集中的地方。

连雀町这地名，今天在东京西郊三鹰市也有。一九二三年关东大地震发生时，房屋塌下来非得往郊区搬走的老居民，出于怀念，将新住所命名为连雀町。可见，他们对故乡神田的感情多么深。

老字号荞麦面店：东京人的点心

池波曾在一本书里写过："著名食肆附近一定躲藏着一家好店。"他爱光顾的松屋就是好店的例子。至于著名食肆，则不外是北边两条街上的神田薮荞麦了。

跟普通民房般的松屋不同，"薮荞麦"是有围墙、有大门、有庭院的大铺子。每天正午，好多辆黑色高级轿车送主人来用餐。

着实壮丽，但是，千万不用给吓坏。毕竟，这儿是自从

● 神田薮荞麦（Kanda Yabu Soba）：神田淡路町二丁目十番地。

江户时代老百姓居住的神田，而且荞麦面是江户——东京人的点心。也许有人嫌吃不饱，但价钱却贵不到哪里去。

说实在，若你在东京只吃一次荞麦面的话，薮荞麦是最好的选择。既能吃到美味，又能享受到江户文化的精粹。薮荞麦的牌子，你在日本各地都看得到。然而，总字号只有东京几家而已，其中"神田薮"又是最有名的一家。

单独旅客也不用怕，因为荞麦面店是日本人要独自吃饭时的首选。顾客中单独客人并不少。而且这里有英文菜单，跟日文的对照看，应该不难自己叫菜的。

日本荞麦面店是大白天都可以喝酒的地方。尤其坐在环境这么好的馆子里，不喝太可惜了。不妨先叫一樽清酒（七百三十五日元，有一百八十毫升，带小碟酱菜当下酒菜）。慢慢喝着看庭院风景，感觉定会蛮好。

这家店的老板娘，跪坐在收款处，传达客人点过的菜给厨房听时，用歌舞伎演员说台词般的特殊发声。众伙计送客人同时喊出"谢谢光临"也颇像在演古典群像戏。看起来真有趣。

至于主食，还是非得吃招牌"蒸笼荞麦面（Seirou soba）"，乃冷面蘸佐料吃的。一份六百三十日元。有些人叫两三份。反正，吃多少也吃不饱。但是，那爽快的口感，吃过了一次，保证一辈子也忘不了。

风流甜品店

不知怎地，白天饮酒容易喝醉。由薮荞麦出来，能休息一会儿的地方，有两个选择。

要想喝咖啡的话，对面就有"肖邦"，彩色玻璃好浪漫，整天提供浓郁咖啡。要走和风路线，则可以去南边一条街上的"竹村"。

● 竹村（Takemura）：神田须田町一丁目十九番地。

　　竹村卖的都是日式甜点，其中炸馒头（四百三十日元）为池波正太郎推荐的佳品。

　　在他写的通俗历史小说里，这样的甜品店不是女人小孩去的地方，而是好色男人带红颜知己去休息的风流场所。犹如在一些国家"理发院"是风化店的别名，在旧时江户，"红豆汤铺"拥有钟点房的功能。

　　不过，那是好久好久以前的事了。今天光临竹村的，很多是正经的中年池波书迷;当年的暧昧风气早就没有了。

神田食味新道另外有鸡肉锄烧店"牡丹"[1]、鮟鱇鱼火锅店"伊势源"等专卖老东京风味的馆子。

还有,十九世纪末创业的西式点心店"近江屋洋果子店"[2],以文豪夏目漱石都曾吃过的"搔扬(kakiage)"即炸肉饼闻名于世的和式西餐店"松荣亭"等,均是可爱老铺子。

● 东京唯一的鮟鱇鱼火锅店"伊势源",神田须田町一丁目十一番地。

---

1 牡丹(Botan):神田须田町一丁目十五番地。
2 近江屋洋果子店(Omiya Yogashiten):神田淡路町二丁目四番地。

● 1907年开创的老字号西餐店松荣亭，淡路町二丁目八番地。

● 肖邦（Shopan）：神田须田町一丁目十九番地。

神田食味新道简直就是老东京风味的主题公园。强在它不是后人特地设计的，而是历史自然留下来的。

喜欢美味和怀旧气氛的人，绝不能错过了！

现在，你走回神田站继续坐中央线？还是渡过万世桥，往秋叶原计算机OTAKU城去（五分钟）？或者由松屋一直沿着靖国通，经过滑雪板店街，往神保町书店街去（大约十五分钟）？

你的东京散步，已开始上个人轨道了。

第三站：御茶之水
身在异国之境

- **体验异国风情** ｜ 东正教教堂、日本拉丁区、古典乐器街、山之上饭店
- **吃吃喝喝** ｜ 绿街上的 LUNCHEON 老字号啤酒屋
- **悠闲散步去** ｜ 御茶之水桥、圣桥

变化的开始

中央线在神田和御茶之水之间的一段，颇有城市过山车的感觉：既有海拔变化又有方向转变。

神田是中央线车站当中下町平民气息最浓厚的地方。位于台地上（山手）的御茶之水恰巧相反：从江户时代到现在一贯是整座城的学问中心。从下町到山手，火车也要爬山的。

中央线轨道在东京站和中野站之间，画着横倒九十度的 S 字，而御茶之水站正位于顶点。火车一离开神田，铁路就

慢慢开始画曲线。列车在爬山的同时转弯儿。车窗外的景色变化，果然特别可观。

在拐着弯儿往西的路上，我们先向至此平行走的其他路线挥手告别：东北新干线、山手线等列车，都往正北开走。同时，柠檬色车身的总武线慢车，从东边千叶县方向开过来，开始跟中央线快速并行而走（直到西郊三鹰）。

突然间，两边窗外全是涂成灰色的商业大楼了。这儿就是闻名于世的秋叶原电器一条街。

轨道要急转弯了，列车带乘客爬上山手台地。由高架铁

● 御茶之水地名由来的纪念碑。

道看，在遥远的下边，神田川的水慢慢向东京湾流去。从前方右边的隧道开出来的是银色车身红色带子的地铁丸之内线。

景色不停地迅速变化。忽而，四周是绿油油的溪谷了。

列车已经到达御茶之水车站。

东京最美丽的一座桥

御茶之水的地名，取自附近曾经有的泉水，滚滚涌出的味道特佳，因用来为德川家康将军泡茶而得到好评。如今在车站西出口对面派出所边有纪念碑。

从繁华的神田闹区，才坐几分钟的车，就到达御茶之水美丽溪谷，感觉犹如奇迹一般。实际上，神田川是十七世纪初（日本江户时代早期），为了防止海边洼地洪水而开凿的运河；这里的景色完全属于人工的。

跟着德川家康从骏河国（现静冈县）来江户的家臣们，土木工程结束后，在神田川南边住下来了，因而这地区至今叫作骏河台。

直到十九世纪末，神田川南北边仍没有桥梁相连接，是山谷挖得太深之故。今天，御茶之水火车站盖在远眺神田川的山崖上，两个出口均位于桥边：东边有圣桥（Hijiribashi），西边则有御茶之水桥（Ochanomizu-bashi）。从神田过来，先看到的是圣桥。讲历史，御茶之水桥的建设倒在先。

御茶之水桥是明治二十四年（一八九一年）完成的。当年算是首都新地标，多数市民特地过来参观过，其中包括如今在五千元纸币上的女作家樋口一叶。据日记，有一晚，她和妹妹吃完了晚饭之后，双双由本乡菊坂（现东京大学附近）的住家散步过来，站在桥上赏了月亮。

至于圣桥，有很多东京人说是全城最美丽的一座桥。一九二七年完成的摩登拱桥名称，由市民推荐而决定，乃取自河北汤岛圣堂和河南尼古拉堂的。前者为孔庙，后者则为东正教教堂。

青春有柠檬的味道

十六岁的我曾站在圣桥上，默默地凝视过下边开的火车；橙色的中央线和柠檬色的总武线，还有银色红带的丸之内线。以深绿色的树叶和褐色混浊的河水为背景，颜色鲜明的列车轰隆隆运行，看起来极像小男孩的玩具。

我脑海里老响着一首叫《柠檬》的时代曲，是创作歌手佐田雅志的。他当年曾发表一系列借用小说标题的曲子。《柠

● 圣桥,被称为江户最美丽的一座桥。

檬》则是由梶井基次郎的著名短篇小说改编的。

主人公抱着忧郁的心情去丸善洋书店,一手抓着一颗很像手榴弹的柠檬。他患有肺病,好久没到大学上课。丸善是学问和高级艺术的象征,他曾憧憬不已也经常光顾。现在却精神上受刺激,烦恼至极。忽然间,主人公想起个恶作剧来。他用图画集筑成小山,把柠檬放在顶上,然后悠悠离开了。

小说背景是京都的丸善。但,御茶之水也有家分店,就在火车轨道南边,两座桥中间。对面更有建筑系学生爱光顾的画材店，叫作柠檬画萃；当年附设茶座，我常跟一批同学一起去讨论书本、戏剧。

时代曲《柠檬》的主人公站在圣桥上，把一颗柠檬用力往下边轨道扔过去。我也恨不得那么做，由于年轻时候的焦虑和烦躁。

青春是人的一生中最伤感的季节。用味觉做比喻便是"酸"了。sentimental。酸的馒头？日本人说，青春有柠檬的味道，酸里带苦。

多年后，我听说侯孝贤影片《咖啡时光》里重复出现这个地点。不知侯导晓不晓得《柠檬》？

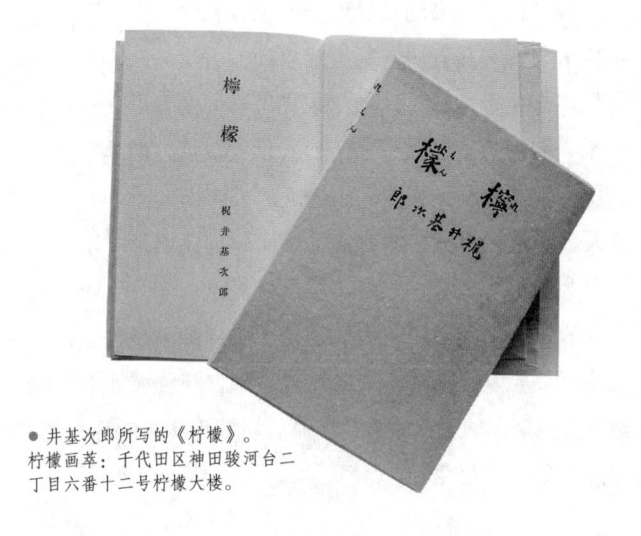

● 井基次郎所写的《柠檬》。
柠檬画萃：千代田区神田骏河台二丁目六番十二号柠檬大楼。

汤岛圣堂：著名的文教区

御茶之水是东京最有名的文教地区，附近有好几所大学，其历史可追溯到江户初期。

一六三〇年，德川幕府于神田川北边昌平坡开设了官方学问所和孔庙，称为汤岛圣堂。昌平坡的地名取自孔子的故乡山东曲阜。

明治维新后，学问所改组为师范学校。传授近代知识的新型学校陆续在附近开办，其中包括东京大学的前身开成学校、国立东京高等商业学校（现一桥大学）、东京外国语学校（现东京外国语大学）、私立明治、中央、日本、法政、专修各法律学校（后来均发展为著名综合大学）等等。

江户末期的一八五一年幕府成立的西方学问研究所"蕃书调所"本来位于九段下；当年求先进学问的读书人纷纷从各地而来。骏河台下建立了多所西式学校以后，两地中间的神田神保町地区逐渐形成了全国最大的书店街。

今天，御茶之水火车站北边的幕府学问所旧址有了东京医科牙科大学，隔壁有以眼科著名的顺天堂大学。这附近的高等学府真不少。沿着中央线轨道往秋叶原的昌平坡上，仍旧有孔庙汤岛圣堂。如今作民间文化设施，还传授四书等中国古籍。老树繁茂的院落很安静舒适，乃散步休憩的好去处，白天对外开放，参观免费。

● 明治大学自由塔。

● 汤岛圣堂孔庙里，许愿的应考生挂的绘马。

● 孔庙汤岛圣堂：文京区汤岛一丁目四番二十五号。

东正教教堂：间谍的情报基地

从御茶之水火车站圣桥口出来，右边看到半球形淡绿色屋顶很夺目的尼古拉堂（Nikorai-do），正式名称为东京复活大圣堂，建造于和御茶之水桥相同的一八九一年。尼古拉堂是日本最大的拜占庭式建筑，也是政府指定的重要文化财产当中最古老的石头建筑。

一八六一年，东正教会尼古拉大神甫从俄罗斯被派到北海道函馆总领事馆，后来在日本各地开展了传教活动。最后，他以东京骏河台的拜占庭式大圣堂为根据地。

● 神秘的东正教教堂——尼古拉堂。

俄国人奠基的基督教会，在一百多年的历史中，曾受到过迫害。尤其是第二次世界大战时期，几乎所有西方人都被怀疑是特务。

谁料到，二十世纪后半冷战末期，苏联间谍案被揭发，俄国特务和日本合作者交换数据的地方，就在尼古拉堂后边的坡道上。他们大概以为在俄罗斯人常出现的地方工作不会引起别人的注意，结果给无辜的宗教人士添了天大的麻烦。该案件虽然跟教会无关，但也加强了尼古拉堂在东京人心目中的神秘感。

尼古拉堂的圣诞弥撒

有一年圣诞前夕，我一个人去尼古拉堂参加弥撒。那是我平生第一次进东正教教堂。白色墙壁和金色装饰，彩色玻璃和暗色宗教绘画都很华丽。

快到午夜的时候，弥撒开始了。穿着长袍的神父中，有日本人也有洋人。参加弥撒的信徒中也是日洋人士参半。

在圆顶下，围绕着祭坛，大家挤挤地站住。神父说教的词儿和信徒们合唱的歌儿，在昏黑的圆形教堂内多次反射。很快，整个地方都充满了回声和回响。虽然一点也听不清楚，但是宗教感觉特别强烈。

忽然间,我的头部感到剧痛。似乎某种力量从圆顶直降,使劲压着我头顶。好比是受了紧箍咒的孙悟空一般,我当场就抱着脑袋蹲下来了。看到墙边有简便的椅子,好不容易走过去,终于要坐下来的时候,一个穿着牛仔裤的小伙子一手扶住女朋友从另一边来,命令我说:"有人不舒服呢,你让座吧!"

他们俩像是来凑热闹的游客,而并非信徒。看一看,那女孩跟我一样抱住自己的脑袋,痛苦不堪的样子,显然也受了紧箍咒。在圣诞前夕的东正教教堂内,跟别人互抢座位也不是滋味儿,我果断站起来,一个人走出去了。

到了外面,我的头疼一下子就消失了。天空高处看见了特别明亮的圆月。被月光照着,尼古拉堂的圆顶显得奇迹一般的美丽。月光透过彩色玻璃射进教堂内去。

《航至拜占庭》,我哼唧着爱尔兰诗人叶芝的诗,一个人往午夜的御茶之水车站走过去。

日本拉丁区:革命、学运

拉丁区是巴黎塞纳河左岸的大学区,世界性学运爆发的一九六〇年代末,曾成为左派学生的解放区。而御茶之水车站附近,当年俗称"日本拉丁区"。

自己没出生以前的事情，纯粹是历史，或者说是故事也好，似乎不大存在信不信的问题。自己出生以后的事情则不同，有时反而怎么也不能相信。

一九六八年，我是新宿区立淀桥第四小学的一年级儿童，从大人嘴里常听到大学生闹革命斗争，连德文单词gewalt（暴力）都很耳熟了。当时，御茶之水车站附近所谓"日本拉丁区"是重要战地之一；东京大学、日本大学、明治大学、中央大学等的学运分子和警察机动队之间，几次发生了激烈武斗。派出所给放了火，学生们投掷燃烧瓶和剥下来的铺路石，警察则用催泪弹反击。

"骏河台上的警察个个都拿着铁盾，坡道下的学生们很多都受伤流血。铺路石没了，那里的路真不好走。但是，我得到神田川对岸上课去的，就匆匆走过去了。"一个年长的朋友对我说。我摇头表示不可理解。激进派学生正在闹武力革命的时候，逍遥派同学却好比看到了车祸一般，完全以"与我无关"的态度走开，怎么会？

比我大八岁，那年中学二年级的作家森檀在一篇文章里回想一九六八年的情景写道："我到御茶之水的基督教女青年会游泳，回来的路上，空气弥漫着催泪瓦斯。我眼睛本来就因为游泳池中的氯气发红，眼泪催出来以后，更无法收拾了。母亲告诉我，那边危险了，最好绕道而走。"简直是避开灰尘多的建筑工地一般，根本没有紧张的感觉。

看来，当年的学生运动，虽然具有世界性，但是对普通东京市民的影响始终不大。

我上中学，开始出没于御茶之水的时候，学运季节早已过去。只有"日本拉丁区"的名字还偶尔会听到。一九七〇年代的东京年轻人，大家都是逍遥派，一律对政治敬而远之，听到"日本拉丁区"也并不知其所以然，只是觉得洋气好听而已。

就像今天的房地产广告说："学校集中的御茶之水，文化艺术气氛浓，于是有日本拉丁区的别名……"大错特错！

乐器街

御茶之水有乐器店一条街。骏河台坡的十几家乐器店中，最有名的是一九三七年创业的下仓乐器。马路两边有总店和二手店，以及小提琴专门店。

中学时候，常听着广播做功课，青年节目的赞助公司中就有"御茶之水下仓乐器"。我当年熟悉的音乐，只有流行歌曲和摇滚乐。弹着吉他唱英文歌曲，在我们心目中是非常酷的行为。受哥哥的影响，我弹过吉他和贝斯，还做过乐队鼓手。那些乐器是在哪里买的呢？已经记不清了。但大概不是在下仓乐器。"御茶之水下仓乐器"是著名老店，我们在广播上听到名字就非常憧憬,也被吓坏,不敢亲自进去的……

我专门听英美流行歌曲和摇滚乐,因为哥哥告诉我:"The Beatles是全世界最伟大的音乐家。"至于古典音乐,他则用"臭!"的一句否定掉了。

在日本,西方古典音乐很有阶级性。唯有资产阶级买得起钢琴、音乐会门票,能接触到巴赫、贝多芬的。我家属于劳动阶级:姥姥弹着三弦唱日本民歌,父母跟着爵士乐跳交际舞,我们则搞摇滚乐,始终跟古典音乐沾不上边。

就是因为沾不上边,我才心中更加向往古典音乐的。高中班里有个男同学是音乐老师的儿子,从小练钢琴。他外貌、为人都没什么特别,然而每次看到他双手的细细指头,我都想象人家演奏古典曲目的场面,心脏直噗通噗通地跳起来。

多年后,我结婚的对象喜欢古典音乐。他会弹钢琴、吉他、二胡等多种乐器,其中最令我陶醉的非小提琴莫属。

听说,小提琴的形状是模仿着女人身体而做的。也许是那个缘故,男人拉小提琴,给人的印象极其浪漫、性感。我虽然对古典音乐的造诣几乎等于零,但也特别喜欢坐在旁边倾听他练小提琴。

有一年,他小提琴的盒子用坏,要去买新的了。我陪他坐中央线,在御茶之水站下车。骏河台坡两边的乐器店,仍旧以弦乐器为主。马路右边的近江兄弟社大楼二层,有下仓小提琴社。我连卖吉他的总店都不敢进去,何况是小提琴专

● 著名老乐器行——下仓乐器。

门店,不由得心脏噗通噗通地跳了起来。

哎呀!整个铺子内,全是女人身体形状的小提琴,像琥珀一般地发亮着,实在美丽极了,犹如西洋王宫。他告诉我,在庆应大学交响乐团拉小提琴的时候,经常跟伙伴们一起来买弦儿、松香等。

当他选购盒子的时候,有位小姐在隔音室试拉着乐器。我逛逛店内,看价目标签,叹口气。这里的东西都很贵很贵,光是小提琴盒子的价钱,就买得起一把还不错的吉他。那小姐在拉的乐器是欧洲的百年古董,价钱几乎是天文数字,轻松超出普通上班族的年薪。

隔着玻璃看她侧影,我心里重新充满对古典音乐的向往。同时,我也想起了小时候常尝到的阶级悲哀。

山之上饭店:文化流派的山间旅店

白天在御茶之水骏河台坡走来走去的,很多是明治大学的学生。他们的校歌,开头就唱:"白云飘摇骏河台。"明大是所谓"东京六大学"之一;其他五所则是东京大学、早稻田大学、庆应大学、立教大学和法政大学。

位于骏河台坡边的中央校舍"自由塔(Liberty Tower)",乃纪念学校创立一百二十周年而盖的。总共二十三层高,简直耸入云霄。十七楼有学生食堂,景色绝佳。

从"自由塔"上面的狭窄坡道走上去,对面就能看到艺术装饰派设计特别壮丽的"山之上饭店(Hill Top Hotel)",乃日本文人最钟爱的一家旅馆。

三岛由纪夫、远藤周作、山口瞳等好多著名作家都曾经在这里长期居住并从事写作。大厅一角有张书桌,旁边的柜子里,除了各类词典以外,就收藏着在这家饭店出生的多部文学作品。由出版社出钱,关在山之上和式房间写作,曾是一流作家的证明。对书迷来说,更是名副其实的文学圣地了。

● 山之上饭店：千代田区神田骏河台一丁目一番地。电话：0332932311。http://www.yamanoue-hotel.co.jp。创始人吉田俊男所经营的山之上饭店被称作"文化人的宾馆"。

很多乡下的文学爱好者，希望有一天来到东京，能逗留于山之上。推理小说家森村诚一以《人证》出名之前，曾在接待处工作过，大概也是对山之上的憧憬所致的。

山之上饭店离御茶之水车站走路才四分钟，地点非常方便，环境又很清静。一楼的酒吧、地下二楼的葡萄酒廊，均常有日本出版界人士出入。

从御茶之水火车站往神保町书店街一带，是老字号中餐厅集中的地方。其中，富士见坡的汉阳楼是中国总理周恩来年轻时候常光顾的铺子。

● 汉阳楼：千代田区神田小川町三丁目十四番地二号。电话：0332912911。

　　说到周恩来，留法的印象更深刻，但是天津南开中学毕业以后，十九岁的他先来到日本留学，在御茶之水学生区待过两年。他就读的东亚高等预备学校位于现在的神田神保町二丁目二十番地三号，在老人中心旁边的爱全公园内有纪念碑（从神保町红绿灯往水道桥车站，神保町二丁目巴士站往左拐进去的巷子内）。

　　二十世纪初的东京曾有过中国留学生潮。一九〇五年，清朝废止了科举制度，想要吸收先进学问的年轻人纷纷来到对俄战争胜利后不久的日本。革命运动的重要人物也集中在东京。同一年的旅日华人留学生总数达到了一万。

　　他们首先到东亚高等预备学校、弘文学院等专门接受华人的学校去补习日语，其中多所位于东京的文教区御茶之水。周围，为学生们服务的中国餐厅也逐渐多起来，其中几家至今经营。当年的中国留学生会馆亦设在骏河台。鲁迅的短篇小说《藤野先生》中有几行描述。

百年历史神保町旧书店街

走下骏河台坡到靖国通，左边是滑雪板店街（卖滑雪板的VICTORIA特有名），右边则是书店街了。虽然这些年，新宿、池袋也开了大型书店，但是东京书虫最看上眼的，还是神保町的三省堂、书泉GRANDE、东京堂等书店。

这里也有闻名于世的旧书店街。在靖国通南边，大约一公里的范围内，一百多家旧书店鳞次栉比，其中不乏美术书、英文书等的专门店，年轻老板新开张的铺子也不少。

神保町旧书店街的历史超过一百年。夏目漱石于一九一五年发表的《心》里，主人公就来这儿溜达溜达，翻翻门外摆的进口书。

我过去最常去的是铃兰通的两家中文书店：内山书店和东方书店，前者是鲁迅在上海常去的书店战后迁至东京的。创办老板内山完造的名字，对鲁迅读者很熟悉。现在，通过网络书店买外国书易如反掌。我的大学年代，却只好到神保町找的。

书店街附近，有特色的食肆很多。小巷里边的SABOURU、LADORIO等咖啡店，老得像古董一般，乃带书去歇脚的好地方。

我选好了书以后去的，则是靖国通北边，通称"绿街（GRUNE ALLEE）"的老字号啤酒屋LUNCHEON，在书泉GRANDE的斜对面，卖浮世绘的东洲斋隔壁，有戴白帽的大肚子厨师像，就是招牌。看着橱窗里的蜡制食品模型，被请上楼梯到二楼。

● 靠近书店街的LUNCHEON啤酒屋，千代田区神田神保町一丁目六番地。电话：0332330866。

LUNCHEON 创业于一九〇九年，最初没有名字，大家就称呼"骏河台的西餐厅"。后来，常客中的东京艺术大学生提议说："没有名字很不方便，起名为 LUNCHEON 如何？"老板不通外文，不知道 LUNCHEON 是什么意思，还是答应下来，采用为正式店名。

这家啤酒屋是小说家吉田健一（首相吉田茂的儿子）生前的至爱。他发明的"牛肉派（Beef Pie）"至今在菜单上（开胃菜部分）。当初是爱吃炖牛肉的吉田，为了边喝啤酒边用手吃，叫厨师特制的。据传说，他在骏河台中央大学教英国文学的日子里，总是先到 LUNCHEON 坐一会儿，叫杯红茶，把大量白兰地倒进去一口气喝下，之后悠然不迫地上课去了。

今天，中央大学已搬去郊区，调皮的作家也不在了。老字号啤酒屋却仍然健在，为爱逛神保町的文学迷提供午饭的好去处。客人当中，仿佛吉田的老文人也不少。坐在玻璃窗边，喝着生啤酒慢慢翻书，偶尔观察对面书店街上走来走去的人们，感觉差不多是阅读家的乐园。

第四站：水道桥／饭田桥
东京的威尼斯

享受水上时光 ｜ 后乐园、运河咖啡厅、皇居外壕、市谷鱼类中心

悠闲散步去 ｜ 水道桥、外壕公园

水上的橙色列车

东京的前身江户比得上意大利威尼斯、中国苏州的水城；既有城壕又有运河，水上路线四通八达。一八六七年出生的夏目漱石，晚年写的散文集《玻璃窗里》中回想孩提时道，当年他姐姐从早稻田的住家到浅草看歌舞伎，是由饭田桥坐船过去的。今天，在中央线列车窗户外，就看得到那条航线。

橙色火车离开御茶之水站以后，到达四谷车站之前，轨道旁边差不多一直都有水道。御茶之水、四谷之间，其实有三个站：水道桥、饭田桥、市谷，均由柠檬色车身的总武线

慢车服务。

如果对窗外景色发生兴趣，不妨换坐总武线或者徒步，在东京水边散散步。

后乐园

由御茶之水到水道桥，在轨道北边走路，一直看到神田川河水，乃一段蛮不错的散步道。水道桥的TOKYO DOME CITY，是巨蛋体育场、游乐园、SPA和观光饭店等综合的娱乐设施。

我小时候曾叫作"后乐园游园地"。东京还没有迪士尼乐园的日子里，小孩子星期天跟父母去玩，平生第一次坐过山车的地方，要么是后乐园，或者是丰岛园了。

不过，更难忘的是十八岁的冬天，跟男同学一起去的那次了。十二月底，多云的一天，东京的气温大概没有到十度。但是，刚交往的缘故，不好太多意见，还是按照原定计划到了游乐园。果然，里头空荡荡，没什么游客的。

我早就跟他说好亲自做便当带来。但是，当时根本不会做饭，只好用买来的面包做了简单的三明治。冒着北风，两人坐在长凳子上，打开迪士尼花样的午餐盒，把冷冷的三明治放进嘴里去，干巴巴地很难吃下……

● 后乐园：文京区后乐一丁目六番地六号，门票日币三百元。

后乐园，本来是十七世纪初，将军的亲戚德川赖房、光圀父子在江户住宅里建设的中国式庭院。光圀深受明代学者朱舜水的影响，按儒家思想设计了后乐园。里面有西湖堤、渡月桥、莲花池等多处充满着中国想象的景点，总面积达七万平方米。如今作为"东京都立小石川后乐园"，每日白天对外开放。

运河咖啡厅

饭田桥位于神田川和皇居外壕相交之处。火车站附近至今有"神乐河岸"的地名。这儿就是漱石的姐姐上船的地点。从十七世纪到十九世纪，由江户湾对岸的下总国（现千叶县）方面运粮食、蔬菜、海鲜过来的小船，在神乐河岸卸货，为陆上居民供应了生活用品。

直到二十世纪初，东京仍有水上居民。据老年人的回忆，那些人住的木造船，甲板上晾着洗好的衣服，常常停泊于神乐河岸附近。通过水面上的薄雾，偶尔传来船民小孩子们玩耍的笑声。

美丽的水城风景消失，乃一八九五年，日本头一条电化铁路甲武铁道在饭田町—中野之间开通的时候。当年的饭田町站在今天的饭田桥和水道桥两个站中间。东京近代化的过

● 过去货船停泊的地方——东京水上俱乐部。

● CANAL CAFE：新宿区神乐坂一丁目九番地。电话：0332608068。营业时间：上午十一点半到晚上十一点，周一休。

程，同时也是铁路代替水路的过程。

我长大的一九六〇、七〇年代，还有些老太太从千叶线坐电车运蔬菜、粮食到东京西部住宅区来，挨门挨户地直接销售。现在回想，那些行商的老太太说不定是船民的后代，水路不能通行以后，改坐电车继承家业的……

曾经好多货船来往的神乐河岸，现在变成了饭田桥站以及综合性大楼中心广场。车站西口对面有神乐坂,乃两边小店拥挤的繁华区,通往漱石山庄所在地早稻田。

过了饭田桥站,轨道旁边的水道是皇居外壕。这儿是日暖风和之际,情侣们来划小艇游乐的地方。东京水上俱乐部自从第二次世界大战前,已经营八十多年之久。

最近,这里也开了家露天咖啡厅叫作 CANAL CAFE,既能喝饮料又能用餐。夕阳时候的风景最好。春天樱花盛开的日子里,坐在水边赏花也挺不错。有些新人在这儿摆喜宴,穿上纯白婚纱的新娘和新郎一起坐船由水面登场,颇得与会者的喝彩。然后,放烟火庆祝,真是喜气洋洋。

● 城河咖啡厅。

在城市中钓鱼

从饭田桥,经过市谷,到四谷站,中央线轨道一直沿着外壕走。两边林立东京理科大学、法政大学、BRITISH COUNCIL 等文教机构。

右边窗外的商业大楼个个都有特别抢眼的招牌,为了给火车乘客看。隔水远看,颇有 water front 的感觉。

左边窗外则是长达二点五公里的外壕公园,历史追溯到德川家第三代将军家光统治日本的日子。当时政权基础很稳

● 市谷鱼类中心(ICHIGAYA FISH CENTER):新宿区市谷田町一丁目一番地。电话:0332601324。

定，家光的爷爷家康开始的江户城堡建筑工程终于完成了。

后来，堤岸上一路种了樱树。每逢春天，外壕公园成为二点五公里的樱花隧道。好多东京居民结伴而来，地上摆着席子边吃边喝赏花赏水，场面热闹至极。

市谷车站旁边有个收费钓鱼池叫"市谷鱼类中心"。工作日的大白天，即使是下雨天，都有好多日本太公们安闲自在地钓鱼，让中央线乘客目瞪口呆。大都会中心区竟然能够钓鱼？颇出乎意料之外。不过，想想东京一百五十年以前曾是水城江户，居民生活本来就跟河水特别亲近的。

市谷鱼类中心经营收费钓鱼池和热带鱼店。钓鱼池分金鱼池和鲤鱼池，听说钓上鲤鱼特别难。还有一池专为女人小孩开放。这里一年四季都无休。每天总有不少男女老少来。钓鱼用品有出租的，可以空手去，费用也不贵。总之，忙中有闲，充满道家感觉。

第五站：四谷

从地下进入王室殿堂

- **进入王室皇居** ｜ 赤坂离宫、国家迎宾馆
- **悠闲散步去** ｜ 四谷车站→圣依纳爵教堂→上智大学

东京凡尔赛宫

四谷火车站的设计有点怪。JR 的月台上面建设了地铁丸之内线的月台。所以，中央线列车停在四谷，外面总是昏黑黑的……

我还没到巴黎参观凡尔赛宫以前，已经在东京看过了。那就是位于四谷火车站南边的国家迎宾馆，原名叫作赤坂离宫。

赤坂离宫是一九〇九年建设的日本第一个欧洲式王宫，总面积达十一万七千平方米。凡尔赛宫一般的巴洛克式非常华丽。本来作为皇太子（后来的大正天皇）夫妻的居所。经

过装修，一九七四年，变身为国家迎宾馆了。被政府邀请来日本的外宾，很多都住在这里，跟高官、皇室成员见面，也参加宴会。有时，条约签署仪式亦在此进行。

从四谷火车站走到旁边的若叶东三角公园，就能看见日本凡尔赛宫的正门。外国游客坐的大型巴士偶尔开过来，在正门前边停一会儿马上又开走。此外，几乎没有人影，安静极了。

我小时候被父母带到这里来，很难相信自己的眼睛，因

● 开进王宫地下的丸之内线。

● 东京的凡尔赛宫——国家迎宾馆。

为这样的建筑，之前只在西洋儿童书里面见过，从来没有亲眼看到过。现在站在正门外，还是被不可思议的感觉所袭。

遥远的东方国家日本的首都，怎么会有凡尔赛宫？黑头发、黑眼睛、黄皮肤的皇太子夫妻住的地方，怎么会跟玛丽·安托瓦内特[1]的一样？答案是很清楚的：因为我们的近代是模仿西方的过程。换句话说，举国去做假洋鬼子。从凡尔赛宫到迪士尼乐园，从上到下一直做下去。

耶稣会大本营

四谷站另一边，有天主教耶稣会的日本总部圣依纳爵教堂，以及耶稣会举办的上智大学。

耶稣会传教士是日本人十六世纪接触的第一批西方人。然而，日本政权后来长期禁止国民信仰外国宗教，并推行"锁国（海禁）"政策，全国的信徒受了很多年的残酷压迫。

西方传教士重新登陆于日本，乃十九世纪后半，明治维新以后的事情。最初来的美国基督教团体在东京等地开办了多所学校。天主教耶稣会则在二十世纪初，由德国分部派来

---

[1] 玛丽·安托瓦内特（Marie An-toinette），法国国王路易十六的妻子。——编者

了一批传教士，其中多数有曾在印度、中国等东方国家工作的经验。

一九〇五年于原武士宅第开办的上智大学，当初只有十五名学生，现在增加到一万人了。在一百年的历史中，开始的四十年，上智大学的师生吃的苦头很不少。当年日本推行军国主义，西方文化遭排斥。战后，随着世界的日益全球化，上智大学的名气越来越大。如今在众多私立大学当中，享有仅次于早稻田、庆应的第三名地位，尤其英文系特难考进。

耶稣会历来很重视教育而颇出名，目前在二十八个国家，经营一百一十四所学校。日本上智大学的学生里，具有国际背景的相当多。例如，香港出身的歌星陈美龄初来日本时，就读于上智大学国际部。

我曾在温哥华发现有家日文书店叫做索菲娅书店。进去问老板店名来源，他说："可不是索菲娅毕业的缘故嘛。"索菲娅是上智大学的英文名字（SOPHIA UNIVERSITY）。其实，"上智"这校名本来就是意味着"睿智"的希腊单词译成日文而起的。

索菲娅毕业生当中，在海外发展的人着实有很多，包括我当年在多伦多的老板也在内，说不定跟耶稣会教育有一定的关联。

● 耶稣会开办的上智大学。

四谷大塚：补习名校

从四谷车站，经过圣依纳爵教堂，到上智大学的一段路，是我十岁、十一岁的时候，每个星期天上午都一定来回走一趟的。上智的校舍周末就租赁给补习学校，而我是为了准备私立初中的入学考试，上四谷大塚补习学校的小学生。

四谷大塚当年算是补习班中的名校，选拔考试特别难。小学班里头三名的孩子才能考上四谷大塚，而按照每学期的成绩，所属的班会上去也会下来。四谷大塚的班别分得非常细。记得在我们四谷教室上面还有中野教室，而每个教室又分为上中下三等。我属于四谷教室的最低一等，也就是整体的第六等。已经记不清下面还有多少等了。总之，清楚地被排列起来，除了属于最高一等的几十个同学以外，其他人都有自卑感，虽然大家都是小学班里的头三名学生。

现在回想起来都很气闷。每个星期天，从四谷车站，经过圣依纳爵教堂，走到上智大学的孩子们，个个都像被送到屠宰场的牲口一般。上午的三个钟头，开始的九十分钟是考试，接下来九十分钟由老师解说我们刚解答过的问题。那些问题模仿国立、私立名校的入学考题。根据每周的成绩，同学、家长能预测大概考得上哪一水平的学校。

很糟糕的是，四谷大塚每周发布成绩优秀者名单。第一页、第二页登载的，自然大多是中野教室的同学们。如果四谷教室有同学名上排行榜，那个人大概在下学期就要转到中野去了。

从四谷车站，经过圣依纳爵教堂，到上智大学的路，我总共走了来回一百趟。最后，参加三所中学的考试，结果全都名落孙山。从十岁到十一岁，每个星期天，我总共做一百次的牲口，受到的污辱，根本是白受的。

长大后，我才发觉，其实很多私立中学都让校友子弟优先入学，接着是愿意做高额捐款的家长子弟，根本不是公平竞争的。我父母都不是私立名校出身，也不懂幕后的游戏规则，结果白花了两年补习班的学费以及私立中学的考查费。

如今，日本的小孩人口越来越少，升学竞争却越来越厉害。很多家长把小学一年级才六岁的小朋友，送去参加四谷大塚每周每周的考试。除了叹长长的一口气以外，我实在没话可说了。

王宫地下的隧道

四谷车站附近的城壕早已填平，今天是上智大学运动场。站在种有樱树的堤岸上，除了各项目的学生运动员以外，还看得见对面的国家迎宾馆。日本凡尔赛宫后面的一片森林，乃赤坂御用地，包括皇太子一家住的东宫御所以及其他皇族的宅邸。

从御茶之水，一路沿着神田川和皇居外壕的水边开来的中央线和总武线，到了这里就从地面上消失而进入地下隧道去。站在堤岸上，清楚地看得见，隧道挖在迎宾馆正下面。连地铁丸之内线的隧道也是。

几辆列车同时开进巴洛克式王宫地下去的场面，实在很特别。你下次在东京稍有时间，不妨站在四谷堤岸上看一看。

第六站：信浓町 / 千駄谷
运动场上的青春

- **运动好去处** | 神宫球场、秩夫宫纪念橄榄球场、东京体育馆
- **悠闲散步去** | 外苑之森、新宿御苑

城市中的森林

离开四谷站以后，在国家迎宾馆下面消失的中央线列车，很快又出现在地上，开始跟首都高速公路新宿线并行。以高楼大厦为背景，电车跟汽车并走的镜头，充满城市的感觉。

经过专由柠檬色慢车服务的信浓町站时，左边窗户外，隔着高速公路可看到"明治纪念馆"的牌子以及后面郁郁葱葱的森林。

明治纪念馆是很著名的婚礼场地，位于皇太子宅邸正对面，名气特别大。我妹妹看上了漂亮的庭院，就在那里摆了

● 从列车上可看到城市森林与明治纪念馆。

喜宴。不巧那天从早下雨,我们只能隔着落地玻璃窗观看美丽的草坪。

后来,她婚姻没有维持多久,总令我想起那天被雨水弄湿的美丽草坪。

明治纪念馆后面的森林,则是东京人所谓的"外苑之森"。

祭祀明治天皇的"明治神宫"位于原宿,距离信浓町车站往西大约两公里。建完神宫后,跟着要造的"外苑",则定在中央线的信浓町和千駄谷两个车站中间了。

一九二六年建成的"神宫外苑"本来是适合于散步的普

通公园；后来，随着时代风潮之改变，逐渐发展为综合运动公园了。先有了橄榄球场和棒球场，之后有了冰球场、游泳池和国立竞技场，为一九六四年的东京奥运会提供了竞赛场地。现在，还有网球场和高尔夫球练习场。

神宫球场

说到神宫外苑，很多东京人就想到棒球场。这儿是职业棒球养乐多燕子队的根据地，每年举办多次球赛。东京六大学棒球队的对抗赛亦在此进行。

我小时候，第一次被父亲带去看棒球赛的地方就是"神宫球场"。大概跟卖养乐多的阿姨要了几张免费票子，父亲带哥哥和我去，三个人坐在"外场席"看了晚间球赛。

当年的外场席，其实没有座位也没有席子，只是荠菜繁茂的野地而已。我们没有带席子去，只好直接坐在地上。裤子吸取土地的水分，屁股周围越来越潮湿，我根本没有心思看球赛了。

上了大学以后，则每年要去神宫球场。这回是跟一批同学在一起，要观看传统的"早庆战"。早稻田大学和庆应大学之间的棒球对抗赛，对两校的同学们来说是一年里最大的活动之一。

大家不仅看比赛、鼓励球员，还要齐声唱早稻田的校歌《首都西北》和助威歌《蔚蓝的天空》。至于敌队庆应的校歌和助威歌，我们则故意把歌词换成滑稽的内容来唱。

竞赛完了以后，早大的学生纷纷往新宿，庆大的同学则去银座，大家都要喝酒、胡闹到深夜、凌晨。在新宿歌舞伎町，总是有几个早大学生醉醺醺地跳进喷水池里，遭到警察叱责。那是上世纪八〇年代的青春，野蛮得可以。听说，现在的学生们相对文明多了。

橄榄球场之恋

神宫外苑内另有"秩夫宫纪念橄榄球场"。秩夫宫是昭和天皇裕仁的弟弟，听说生前好动，长年维持了体育活动。大多东京人早已不知道秩夫宫是谁，却对纪念他的橄榄球场很熟悉，因为那儿是很多爱情开始的地方。

橄榄球的季节是冬天。圣诞、元旦假期在外苑举行的橄榄球赛，对东京的大学生来说是冬季恋爱的代名词。互相不熟但印象不错的男女学生，第一次约会如果在冬天，那么就要去橄榄球场了。

两个人并肩坐着看球赛，免得面对面地感到尴尬。齐声为同一队助威，慢慢产生同心合力的感觉。最关键是东京的冬季相当冷,坐在外头看球赛会冻死人的。如果中途开始下雪就最好不过了,因为互相靠近取暖,都显得完全自然。

跟棒球的"早庆战"一样,橄榄球的"早明(治)战"也是历史悠久很有传统的对抗赛。然而,跟动员全校学生的棒球赛不同,橄榄球赛是只有被异性同学动员的人才去的。不知为何。总之,我没有那个福气,虽然在大学前后待了六年,但是连一次都没看过橄榄球赛。

东京小巴黎

神宫外苑总面积大约有一平方公里。其中大部分被体育设施占领。想想这儿当初是表彰明治天皇功绩的地方,现在显得有点古怪。

今天,唯一保留初期目的之"圣德纪念绘画馆",里面常年展览着关于明治天皇生涯的多幅大壁画,能买票参观。可是,老实说,绝大部分东京人从来没进去过,包括我本人在内。我们一听到绘画馆,反而想起馆前夹道的两排银杏树。

"绘画馆前银杏林荫道"乃东京秋天几大名景之一。人行道两边种了总共一百四十六棵银杏树,虽然不很多,但是采用透视法,以绘画馆的建筑为中心,从高到矮顺序排列而产生的视觉效果真不俗。

每年到十一月中旬,左右两边的银杏树叶全变黄,一张一张地随风飘悠的样子,实在美丽极了。难怪很多连续剧摄影组纷纷到这里来。东京情侣们也特地来散步、拍照、谈情说爱。

我婚前也跟未婚夫到过一次。手拉手踏着银杏叶慢慢走的感觉特浪漫。林荫道另一端面临时髦商店集中的青山通,路口有家餐厅在外头也摆些座位,说得上是东京里的小巴黎。

东京体育馆

回到中央线轨道,信浓町的下一个慢车站是千驮谷。车站对面有巨大的体育馆,是东京的小孩子们去游泳的地方。

大概是小学五六年级的时候。我和几个同学各跟母亲要了一点零用钱,坐车来到千驮谷的东京体育馆。五十米长的游泳池,比学校的大很多,我们好兴奋地玩水半天。

上来以后,就在池边小卖部买点东西当午餐吃。当时的日本小孩子很少有机会在外面自己买东西吃,对我们来说,这一次机会特难得。该买美国香肠好,还是买碗乌龙面好,大家都考虑很久。最后吃了什么,已记不起,却清楚地记得那考虑的过程多么甜蜜快乐。

东京体育馆室内游泳池[1]至今全年开放。你若要在东京游泳,这里和原宿的代代木奥林匹克游泳池[2]是两个不错的选择。

千驮谷车站的北边有郁郁葱葱的森林,乃规模比神宫外苑还要大的"新宿御苑"。不同于人们印象中的"东京沙漠",这座城市有很多森林,其中多数跟皇家有关。

新宿御苑[3]的前身,是江户时代诸侯之一内藤氏的宅第。说是宅第,实际上是一大块领土,今天的新宿区,当年有五分之一是属于内藤家的。明治维新以后,其中的一部分(约五十九公顷)划为皇家农场;第二次世界大战以后,作为国民公园对外开放。

每年四月,日本首相邀请几千名宾客,在这里举行观樱会。新宿御苑曾经是全国植物学研究的中心地,春天的樱花、秋天的菊花都闻名于世。

虽然名叫新宿御苑,但是离新宿车站有点距离;坐柠檬色慢车在千驮谷下车,不走几步就到了。

---

1 东京体育馆室内游泳池:上午九点到晚上九点,大人六百日元。
2 奥林匹克游泳池:中午到晚上九点,大人五百五十日元,隔周星期二休息。
3 新宿御苑:早上九点到下午四点,门票大人两百日元,周一以及年底、年初休息。

庄司薰：东京永远的象征

日本有位小说家叫庄司薰，一九三七年在东京出生，一九六九年以《小心，红帽子》（*The Little Red Riding Hood*）获得了芥川奖。该部小说主人公跟作者同名，乃高中刚毕业的小伙子。"庄司薰"和男女朋友们展开的青春故事，继《小心，红帽子》之后，还有《听不到白天鹅之歌》《再见，怪杰黑头巾》《我喜欢的蓝胡子》共四本，均以新宿为背景，特受当时东京年轻人的欢迎。

小说家庄司薰曾在社会上享有明星地位。我中学时候的男老师，好几个都老穿着黑色翻折高领毛衣，就是学他的。至于男同学们，则个个都认同于小说中的"庄司薰"，直到一九七〇年代末村上春树登上了文坛，他们找到新的认同对象为止。

庄司薰的夫人是著名钢琴演奏家中村纮子，今天在乐坛上还相当活跃。然而，小说家丈夫已经很多年没有发表作品。他早年的书也几乎被忘记了。

可是，跟一九七〇年代的中学生聊天，偶尔会有人提到庄司薰和他笔下的主人公。其实，大家都记得青春时候曾热衷看的小说。第一本《小心，红帽子》的轻松文笔当年很有冲击力；不过，同一系列的最后一本《我喜欢的蓝胡子》也特别令人难忘。尤其在作品末尾，主人公深夜溜进新宿御苑，远眺新宿摩天楼夜景的场面，对我来说，永远是东京的象征，青春的结晶。

第七站：新宿
回到八〇年代

- **走进神秘巷弄** | 烧鸟横丁、思出横丁、武藏野馆街
- **吃吃喝喝** | 中村屋、Racontez、船桥屋、纲八
- **悠闲散步去** | 圆照寺

第一次看到电动广告牌

我长在新宿区柏木五丁目、四丁目（现北新宿四丁目、三丁目），离新宿火车站大约一点五公里，木造房子集中的住宅区。大人走路才二十多分钟的距离，对小孩子来说却跟无限一样遥远。

JR 新宿站北边有座巨大的高架铁路桥（日文俗称"大GIRD"，乃英文 girder-bridge 的简称），上面设着中央、总武、山手、埼京各条线的电车轨道，下面则是汽车疾驰的大马路青梅街道，整天噪音嗡隆隆。闻名于世的歌舞伎町闹

区在铁路桥东边，西边则是东京市政厅等摩天楼林立的所谓"新宿副都心"，南边有西武新宿线车站以及钟点房集中的地区。

一九六〇年代的东京夜晚，比现在昏黑很多。记得每当我睡不着觉，父亲总开车带我去新宿。从柏木住宅区出发，沿着小泷桥通一直开过去，没有几分钟就会到达高架铁路桥西边了。

当年设置于大 GIRD 对面大楼屋顶上的啤酒广告牌特有名：不同于普通的霓虹灯，是好多小灯泡组合而成的，从下到上好多灯泡同时开上去的样子，很像真正的啤酒在起泡！

那是连彩电都还没有普及的年代，更不用说如今到处都是的大画面电视机了。东京人第一次看到电动广告牌，兴奋至极。

而我呢，不知怎地，一坐汽车就打瞌睡。所以，每次跟父亲说好要去看啤酒广告牌，后来总是很快就进入了梦乡。尽管如此，我对大 GIRD 边那真实一般的活动招牌，至今印象特深刻。也许是当年被父亲开的汽车摇动着，梦里重复看见过的缘故。

黑市时代

新宿街头的变化非常大。一九八〇年代末出现的计算机中心、KTV、欧洲名牌店、小钢珠游戏店、药房等,现在鳞次栉比。然而,有些地方却完全保留着更早以前的一九四〇年代,第二次世界大战刚结束后不久,新宿还是大黑市时候的气氛。

比如说,大 GIRD 西边的两条小巷:铁路轨道下的"烧鸟横丁"和人行道对面的"思出横丁",都是比摊子大不了多少的迷你食肆、酒馆集中的小路。其历史追溯到战争末期,

● 今日新宿的"思い出横丁",原来叫作"小便横丁"。

东京被美军空袭化为灰烬的日子去。

即使是我的大学年代,那里已经散发着跟周围环境隔绝的特殊气氛。整个城市逐渐复兴、破烂小屋陆续被新盖大楼代替的日子里,此地偏偏拒绝改建,主要是当初非法占领了土地,特难弄清权利关系的缘故。

今天的"思出(回忆)横丁",原来叫作"小便横丁"。狭窄小巷两边密集着好多廉价酒肆,醉客绝大部分是男性,其中蓝领阶级又居多。我偶尔走过就闻到一股臭气,说不定真有些人喝醉了酒后随便在路旁小解的。

记得有一位上司对我讲过小便横丁的故事。他说被朋友第一次带领去那里,果然吃到了好稀奇的东西。

"你知道是什么吗?是牛鞭!"

如果是现在,我一定会说人家性骚扰。当年却只吃惊得目瞪口呆,说不上话来了。

几年前,小便横丁发生火灾,面临了存亡危机。谁料到,好多常客稀客从全国各地来捐款,纷纷游说这条小路简直是文物,非得保护不可。结果,保留着黑市时代的整体结构,表面上进行装修,顺便改名为思出横丁存活下来了。

至今,每天从早上开始,有很多蓝领、白领人士,挤坐在思出横丁的小店柜台前,要么喝酒或者吃饭。有时还看到中年妇女大白天来这里单独倾杯饮酒的场面,大概不是正当行业的。

虽然如今比从前干净得多,似乎闻不到那股臭味了,但是我在这些小巷一贯只有匆匆走过的份儿,从来没有坐下来喝过酒,更不用说吃过"你知道是什么"了。

中村屋:文化沙龙面包飘香

新宿东口,纪伊国屋书店斜对面,有家面包店叫中村屋。一楼卖面包和西点,地下是咖啡厅,二楼到五楼都设餐馆。我曾在海外漂流的日子里,每次回到东京来约朋友见面,地点一定在中村屋。因为其他店会新开张、迁址、关门,只有老字号中村屋很可靠,始终在同一地点十年如一日地营业着。

中村屋创业于一九〇一年,本来在本乡东京大学对面。如今在日本到处都有的"奶油面包"之发源地,就是本乡中村屋。八年后,搬到新宿东口,老板相马爱藏、黑光夫妻跟美术界、文学界、戏剧界人士广泛交际,中村屋被称为文化沙龙。来日本的外国文化人也跟相马夫妻结识来往,其中包括目盲的俄国诗人爱罗先珂(鲁迅有篇散文纪念他)、印度独立运动家波斯(娶了夫妻俩的女儿俊子)等。

相马黑光是充满激情的文学女性,著作有《默移——回想明治、大正文学史》,传记有宇佐美承写的《新宿中村屋相马黑光》。她在店里供应从外国朋友处学来的异乡风味,

● 中村屋：新宿区新宿三丁目二十六番地十三号。

让东京人接触到外国食品。例如，爱罗先珂教她的罗宋汤，波斯传授的印度咖喱等。黑光自己也积极到外地旅行并研究当地食物，结果进口欧洲巧克力，出售中式包子、月饼，中村屋都是日本第一家。

至今，一到中午就有系围裙的小姐从中村屋出来，在门外卖咖喱炸面包和俄国式炸肉包子。日本各地的面包店都有的咖喱炸面包，原来都源自中村屋，显然是受俄国式炸肉包之启发而成的。换句话说，咖喱炸面包是相马黑光和白俄诗人、印度独立运动家来往的成果。

如果光吃面包填不饱肚子,四楼Racontez[1]餐厅每天从上午十一点到下午四点供应咖喱自助餐,包括甜点、饮料,一人费用为一千五百七十五日元。吃着咖喱慢慢回顾新宿的二十年河东二十年河西,不亦乐乎!

魔法配镜师

有一年,我从多伦多搬去香港,中途在东京停留三个星期,轮流地见些老朋友,地点多在新宿中村屋地下咖啡厅。那天,因为时间有点早,我先到纪伊国屋书店逛一逛,然后想想还可以去什么地方。

"你双眼,很辛苦吧!"

忽然间,我听到有人说。原来,我无意间站在一家眼镜店的门前,跟我说话的人显然是配镜师。纪伊国屋大楼我来过无数次,以前却没意识到一楼有家眼镜店。

我双眼,从小确实很辛苦。母亲老说我斜眼看电视。但是,从正面看吧,很难调整左右两边视野的。母亲也说过,我这种眼睛叫作"伦巴黎",乃一只眼看伦敦,另一只眼看巴黎

---

[1] Racontez:电话:0333526164。

的意思。

小时候，验过几次光，配过几次眼镜，但是始终没有多少帮助。配镜师把镜片换来换去问道："这样子更清楚吗？还是刚才的好一点？"使我头昏脑涨。我当时的心理状态恰似被警察逼迫招认的嫌疑犯。对自己的眼光越来越没信心，唯一的希望是人家早一点放我走。

成人以后，自己去眼镜店，情况也没有改善多少。我总觉得人家给我配的眼镜不大对。但毕竟是"伦巴黎"嘛，恐怕没治的……

"你双眼，很辛苦吧！"

多么体贴的一句话。赶忙抬头找话者，原来说那句话的先生，年纪大概五十上下。我开始跟他说话，不仅因为他那句话碰到了我心中很嫩的地方，而且对方的双眼明显有斜视，比我的"伦巴黎"严重得多。

"你没用过棱镜片吗？可以试一试的。"

他让我坐下，马上戴上了一副眼镜。

哎呀！难道他使了魔法？我的两个眼球，好比从左右两边被轻轻地压住了一般。之前老往伦敦、巴黎飘过去的两个视野，这回牢靠在一处固定下来了。

"怎样？不同了吧？仔细验光后，效果会更好呢！"

活到三十多岁，我才第一次碰见了能信任的配镜师，当场决定叫他为我配副眼镜。他技术之高是惊人的。小小的店里，看起来设备也并不齐全。然而，没多长时间，他就验出了我双眼的详细状态。

"你右眼是近视，左眼是远视，很不平衡而导致了斜视。再说两边都有散光，不戴适当的眼镜，生活太辛苦了，何况做个读书人？"

貌不惊人的初老先生，怎能如此准确地诊断出我眼睛的毛病？同时也似乎看透了我走过来的人生道路？之前的三十余年，没有一个验光医生、配镜师能指出我左右两眼的不平衡，又是怎么一回事？

那天配的眼镜大大地提高了我的生活质量和工作质量。如果没有它，我不可能后来写书维生很多年的。而且实在配得特好特准，戴了十年都不需要做调整，直到这两年老花预兆开始出现为止。

我还以为如今验光医生、配镜师的整体水平应该比从前高了许多，所以随便去了家附近设备最齐全的眼科医院要配新的眼镜。谁料到，虽然设备是先进齐全的，医生是在专门大学有多年研究经验的，但是那位女医生和配镜师两个人成一对，把我的眼睛验来验去，都不能准确地掌握究竟有什么毛病，令我心理状态越来越像被警察逼迫招认的嫌疑犯！一点也不像新宿纪伊国屋大楼那家眼镜店的初老先生，一眼就看透我半辈子尝尽的苦难而衷心地安慰说："你双眼，很辛苦吧！"

回想那天的遭遇，真有点神秘了。难道他是上帝特地为我派到人间来的配镜师？是初老斜眼天使？

因为如今离家有点远，我当初没有查过，可是一经调查就发现，那家眼镜店仍旧在原址营业中。它叫三邦堂[1]。至于魔法配镜师还在不在，我暂时不想问个究竟。如果他真是天使的话，当我需要的时候，可能会再出现，对不对？

天妇罗名店：老太太的最爱

传统日本菜如寿司、鳗鱼、荞麦面、天妇罗等，都不是谁都会做的家常菜，反而是只能去了专门店才能尝到纯正味道的。其中，寿司、鳗鱼这些年很普及，不仅日本全国，而且在海外都容易买到吃到了。

荞麦面、天妇罗可不同。除非去过东京几家老字号名店，否则不算真正吃过的。虽然新宿历来是年轻人集中的闹区，但是除了时髦的酒吧、西餐厅以外，这里也有些老字号和风料理店。

东口三越百货公司，现在一楼有了TIFFANY和LOUIS

---

[1] 三邦堂（SANPOUDOU）：新宿区新宿三丁目十七番七号纪伊国屋BUILDING一层。电话：0333525624。

VUITTON，上面则是LOFT和淳久堂书店，昔日上流夫人常光顾时候的迹象早没有了。然而，后面一条通称"武藏野馆（戏院）街"的小路，却保留着往年气氛。天妇罗的百年老店"船桥屋"，有八十年历史的"纲八"，都在这里。

我喜欢船桥屋。过生日，或有什么值得祝贺的事情时，来到船桥屋边喝冷清酒边吃天妇罗定食，我会觉得非常高兴。

到了天妇罗店，最好先叫份基本定食，然后看墙上贴的"今日推荐"，选其中一两种应时的鱼类和蔬菜加点。尤其在白天，以一千一百日元的"午餐定食"为基础，按照个人

● 船桥屋：新宿区新宿三丁目二十八番十四号。电话：0333542751。

● 纲八：新宿区新宿三丁目三十一番八号。电话：0333521012。

胃口自由点菜，价钱也很合理，而且保证吃得满足。午餐的另一种选择"天丼"（九百六十日元）是大碗米饭上排列几样天妇罗，并洒上特制酱料做成的，很受妇女欢迎。中午的船桥屋有很多老太太单独端着大碗"天丼"大口大口吃下，可说是东京绝景之一。

斜对面的纲八也不错，但是价钱稍贵一点。纲八的分店很多，各地火车站大楼上的美食街里常有。我去过几家分店，室内设计、厨师水平都保持得挺高。我在新宿，宁愿去船桥屋，但是在别的地方看到了纲八，则会高高兴兴地进去用餐。

重访老家

中央线快速列车离开新宿以后，经过慢车站大久保，不久在左边看到一所小学，乃我三十年前毕业的新宿区立淀桥第四小学校。我家当年住的木造房子就在旁边。

校名简称为"淀四"。当时在新宿区西北角有从"淀一"到"淀八"共八所小学。现在只留下淀四一所了。其他七所，有些关闭，有些合并而改了校名。现今的西新宿小学校和柏木小学校就是合并以后新建立的。

我最近去母校淀四附近走一走。

八所小学变成三所，乃儿童人口急遽减少的缘故。街道

● 我的老家。

● 社区内的警告标语：夜晚妇人和小孩一个人走路请多加注意。

区划几乎没变，很多老房子也没拆掉，但是人口结构完全不同了。大久保车站附近，如今有韩国街和唐人街。以前七八个小家庭共同生活的两层楼木造公寓，现在很多都被食肆、酒馆占领了。

另一方面，淀四周遭曾有的小商店，如炸薯饼、香喷喷的鲜肉店，我们下课以后经常去的文具店，夏天买雪糕、过生日买蛋糕的面包店，同学家开的鱼店和蔬菜店，还有我家后面的干洗店，却早就全都关门，变成小公寓了。

从前的新宿，到处都有商店也有民房。今天可不同：商店集中在火车站、大马路附近，其他地方则是清一色的民房了。居民多是单身人士，早晨上班很晚下班，几乎整天都不在家，地区安静到令人不安的地步了。路旁的牌子上写着"保护小区！小偷、强盗、性犯罪频发区"，显示这地区正在面对的困难。

我从六岁住到十岁的租赁房子，原来离中央线轨道只有二十米左右。

当年，这地区住的大多是从外地来东京打工成家的年轻夫妻和孩子们，或者像我父母的东京第二第三代，非得离开拥挤的家而在租赁房子里经营小家庭。街坊有些单身人士，如果是女的，往往是下午在美容院弄头发，傍晚到新宿酒吧区上班去的。

一层、二层的木造小房子在狭窄的私人道路两边密集。房子和房子之间，一般不到一米空间。居民生活缺乏隐私权不在话下，连起码的安全都难得到保证。

有一次，我家对面二楼发生了火灾，但是消防车无法开进来，只好远远拉长长的水龙过来，救火效率特别低。事后回想，我家没给延烧算幸运了。

用一句话概括：我在东京周边贫民区长大。

柏木樱花物语

然而，这并不等于说，新宿柏木没有历史。恰恰相反，世界最古老的长篇小说《源氏物语》里，就出现"柏木"这个名字。不过，宫廷女作家紫式部写到的并不是这地方，而是一名叫柏木右卫门的花花公子。

在小说里，他跟主人公光源氏的太太女三宫通奸使她怀孕，受良心的责备以致苦闷而死。历史上，他却被判处流刑到当时的武藏国，也就是今天的东京了。

淀四小学后面有座叫圆照寺的古庙，院子一角至今有棵"柏木樱"，据传说是从京都被流放到这里来的柏木右卫门亲自种的。每到春天，这棵树上开的樱花特别漂亮。十七、十八世纪，"柏木樱花"在整个江户城颇有名。

小学一年级的时候，我每周去一次圆照寺，跟方丈太太学过和筝。当年并不知道柏木樱，更不知道自己生活的地方竟跟《源氏物语》有关，最多知道圆照寺是著名摄影师筱山纪信出生的家罢了。他后来拍摄宫泽理惠的写真集，轰动一时。

第八站：中野
文化新大陆

谁住在中央线文化圈 | 文学青年、战后存在主义者、摇滚音乐家、嬉皮士、印度迷、新纪元分子、漫画家、绿色运动家、动画家

没有家谱的家史

东京老百姓一般没有家谱。我也不知道爷爷一代以前的祖先，住在哪里，做什么。只是猜想他们大概在现今东京郊外做农民。

爷爷来东中野开寿司店"新井"，应该是一九二○年代的事情。一九三五年出生的父亲是老五。下边还有两男两女，最小的妹妹生于一九四三年。爷爷四十二岁中风后半身不遂，大约跟日本战败是同一个时候。

战后的十余年，对我父亲来说是青春时代，却在奋斗与

挣扎之中过去了。光开寿司店全家老小吃不饱饭，同时还经营了鞋店。抽空去上学马上打瞌睡，他失去了读书的机会。

一九五九年父母结婚，哥哥出生。一九六二年我诞生的时候，还住在寿司店后边，父亲当厨师，母亲也在店里帮忙。我出生登记书上写的原籍是东京都中野区川添町四十七号，乃中央—总武线东中野站南边大约一百米的地方。

世界最大的犬舍

现在的中野火车站附近，三百年以前曾有过全世界最大的犬舍，总面积达三十万坪[1]，比今天的东京巨蛋体育场还要大三十倍，里面养的狗共有八万几千只！

"中野犬屋敷"属于当年统治日本的德川家第五代将军纲吉。他长子幼年去世，之后一直没有孩子。有位和尚建议说："您属狗，该爱护狗类，才会有儿子。"这样子，纲吉发布了臭名昭彰的"生类怜悯令"。

爱护动物本来没有什么不对。只是纲吉的政策实在极端疯狂了。狗比人还受尊重。虐待动物的最高刑罚竟然是死刑。

---

[1] 坪约等于3.3平方米。——编者

踢了一次狗就会被流放二十年之久。结果，江户市民都不敢养狗。跟将军的意图正相反，市面上到处都是流浪狗了。

为了收容流浪狗，幕府先在四谷、大久保盖了"犬屋敷"，但是被带来的流浪狗非常多，不久又在郊区中野建设了专门养育、繁殖"御犬样"的大设施。

从一六九五年到一七〇九年，现今中野火车站南北一公里、东西两公里的地方叫作"围町"，说围墙里面是狗的天堂并不过分。

今天，车站北边的中野区公所门前，有几只狗的铜像以及说明牌，纪念着封建将军的疯狂政策下人民吃的苦头。

旁边三角形大楼是"中野 SUN PLAZA"，乃礼堂、饭店、保龄球场等综合的设施。饭店房间虽小但舒服，价钱又不贵，是个人旅客较好的住房选择。

中野百老汇

我小时候，新宿的百货公司如三越、伊势丹是只听说过而没机会去的地方。当年，百货公司的社会地位比现在高，出售的大多是高档次商品，几乎专门为有产阶级服务，中下层老百姓不大敢去的。相比之下，中野车站北口的"百老汇"可亲很多。

● 八色冰淇淋是 SOFT CREAM 的招牌。

大名鼎鼎的"中野百老汇",乃东京最早的综合性商业大厦之一。从地下到地上四楼都有各色各样的小商店,上面则是摩登住宅。一九六〇年代做老虎乐队的主唱而走红的美男歌手泽田研二住在"百老汇大厦",后来当东京市长的电视脚本家青岛幸男也是其中的居民。总的来说,中野百老汇一时散发着挺酷的气氛。

在中野车站和百老汇之间,有一条连环拱廊商店街叫"SUN MALL",有拉面店、寿司店、汉堡店、和菓子店、西点店、服装店、鞋店、内衣店、帽子店、皮包店,以前也有旧书店,可以说是应有尽有。

小时候,母亲带我们去买稍微好一点的东西一般都在 SUN MALL。然后,到百老汇地下层去买雪糕吃。那里的 SOFT CREAM 至今仍非常有名而且便宜,八种味道(香草、巧克力、草莓、咖啡、红豆、绿茶、南瓜、蓝莓）的"特八色"才卖三百日元。

动漫迷朝圣地

原先是流行文化基地的"中野百老汇"逐渐演变成次文化中心，大概是一九八〇年旧漫画书店"MANDARAKE"创业时候开始的。

老板古川益藏当初也是漫画家，对次文化爱好者OTAKU的心态特别熟悉，不仅买卖旧漫画书和杂志，而且出售原画、同人漫画杂志、动画公仔等多种相关商品，MANDARAKE很快成为全日本漫动爱好者的麦加了。

这些年，MANDARAKE在全国各地开多家分店的同时，在百老汇大厦内占领越来越大的面积。本来，天花板较低的二楼是个人经营的小食肆（包括日本第一家意大利面专门店、中国台湾素食店）集中的地方，现在大约一半的场地被MANDARAKE以及同类商店占住着。

不过，有些老店，如我中学时候常去喝咖啡牛奶看书的"坂越咖啡店"仍在经营中，掌柜的美女三姐妹进入了晚年以后还跟当年一样漂亮。

看不到阳光的大楼里，不同种类的店铺和平共处，不同

● 中野（SUN PLAZA）：东京都中野区中野四丁目一番一号（中野站步行约一分钟）。电话：0333881177。http://www.sunplaza.jp/hotel。

● 平民化的SUN MALL商店街。

种类的客人来来去去。如今的中野百老汇令我联想到香港尖沙咀的"重庆大厦"。

欢迎到中央线文化区

橙色列车离开中野车站后,终于开进中央线文化的大本营。从此到立川,火车直线往西走二十四公里,在窗户两边看到无边无际、特平特扁的东京。

这儿就是武藏野。

十九世纪末,当建设铁路轨道之际,本来打算设在人口较多的甲州街道边。但是,遇到地主们激烈反对,只好改变计划,铺设在北边几公里的武藏野杂木林中。

今天,乘坐中央线列车往西(即富士山方向),特适于远眺。尤其在夕阳时刻,实在令人心情舒畅。因为这块土地,本来就是跟铁路同时开拓起来的。

在中野、立川两个站之间有:高圆寺、阿佐谷、荻洼、西荻洼、吉祥寺、三鹰、武藏境、东小金井、武藏小金井、国分寺、西国分寺、国立,共十二个站。东京人讲到"中央沿线"往往指这十二个车站附近的商业、住宅区。

原先的杂木林,在铁路开通之后,逐渐发展成郊区了。居民多数为从外地来东京发展的新兴白领阶级。对他们来说,新开发的郊区和旧市区或农村之间有根本性的差别：没有传统文化之束缚，允许居民自由自在设计新生活。直到今天，橙色列车一离开中野，就令人呼吸到自由的空气。

若说旧市区是东京的欧洲，那么中央沿线就是东京的新大陆了。虽然历史根基淡薄，但是永远充满着活力。难怪，从二十世纪初的文学青年、马克思少年开始，战后的存在主义者、摇滚音乐家、嬉皮士、印度迷、新纪元分子、漫画家、绿色运动家、动画家等，统统都选择在中央沿线住下来了。

欢迎你来中央线文化圈！

第九站：高圆寺
文学舞台上的青春与梦

这条街住着文学奖得主 ｜ 《佐川君来信》作者唐十郎，一九八二年芥川奖。《佃岛二人书房》作者出久根达郎，一九九三年直木奖。《高圆寺纯情商店街》作者祢寝正一，一九八九年直木奖

青春的舞台

中央线高圆寺火车站开业于一九二二年。翌年，关东大地震发生。东京东部居民很多都失去住房，纷纷搬到西郊来了。中央线从高圆寺到三鹰之间就是那时候发展起来的新开地。

本来住在早稻田的作家井伏鳟二，于《荻洼风土记》中，仔细讲述沿着中央线铁路徒步避难而找到新天地的过程。他指出：附近有很多文人、艺术家居住，大白天披着室内衣在

路上走也不会有人说三道四,跟人言可畏的旧市区完全不一样。

这种自由开放的风气吸引了越来越多波希米亚分子。日本文学史上最有名的三角恋之一,抒情派诗人中原中也的同居女友长谷川泰子被评论家小林秀雄抢走的个案,就是一九二五年发生在杉井区高圆寺二四九番地。中原是日本西部山口县医生的儿子,先到京都读书,却耽溺于诗歌而辍学,十八岁时到东京登上文坛。女朋友跑走后,他出版了《羊之

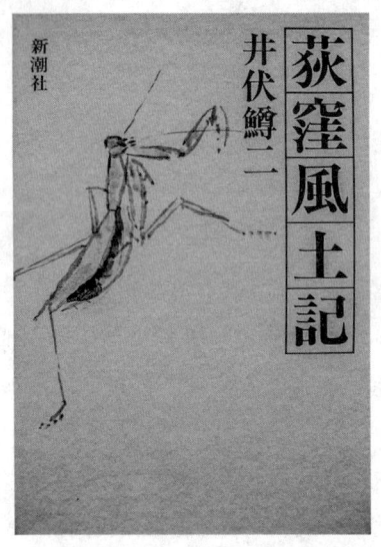

● 井伏鳟二的作品中,讲述沿着中央线徒步而找到新天地的过程。

歌》《往日之歌》等几本诗集，然而三十岁就夭折了。

七十年后，我在香港认识一个爵士乐吉他手。他告诉我，年轻时候曾在高圆寺住过，拿着旅游签证到日本待几个星期，在建筑工地卖力挣钱，签证到期就飞回香港。十几岁那段时间，在港日两地间，他来回跑过几趟。

语言不通的外国打工仔，却跟当地女孩子有过深刻的感

● 位于高圆寺站对面的球阳堂书店。

情交流。"早晨她为我做蚬味噌汤喝。那味道，让人永远忘不了。"他说。最后分手之前，她赠送一本日语书给外国情人。原来，那是中原中也的诗集。"里面到底写着什么，我一直不知道，却牢牢地记得那诗人的名字。"他事后二十余年说。数一数，那大概是一九七〇年代初的事情了。

一九七二年，广岛出身的长头发创作歌手吉田拓郎发表的一首曲子就叫《高圆寺》，让日本全国的音乐青年知道这个地名，一手提着吉他箱的长头发年轻人从各地纷纷到高圆寺住下来。香港打工仔后来翻身为音乐家，是否跟当年高圆寺的风气有关，我没问过他。

文学奖商店街

过去八十年，住过高圆寺的文人非常多。一九八二年以小说《佐川君来信》获得芥川奖的剧作家唐十郎是这里的长期居民。

一九九三年获得直木奖的出久根达郎，当时是高圆寺旧书店的老板；得奖作品《佃岛二人书房》反映作者自从初中毕业以后一直在旧书界混饭吃长达三十多年的所见所闻。一九七三年，他在高圆寺开"芳雅堂"旧书店，同时开始埋头写作，二十年后，终于得了大奖。高圆寺车站附近，旧书店有二十多家。虽然芳雅堂已经关门，但是冲绳出身的老板整天弹蛇皮三弦的"球阳堂"等有个性的书店可还不少。

一九八九年的直木奖作品《高圆寺纯情商店街》之作者，诗人祢寝正一生长在高圆寺，如今在邻近阿佐谷开民间工艺品商店。现在高圆寺火车站北口有堂堂皇皇的"纯情商店街"牌子。本来不过是没有特色、普通至极、日本全国多如牛毛的"银座商店街"之一，被干货店的儿子写成小说以后出了大名，干脆把名称都正式改为跟书名一样了。

《高圆寺纯情商店街》的主人公是初中男生正一。他父母和奶奶在高圆寺站前开干货店江州屋，卖柴鱼、紫菜、海带、干豆、鸡蛋、鱼丸、砂糖等维生。正一自己也在上课之前和下课以后帮家人做柴鱼粉，也骑自行车送货去。小说描述的是一九六〇年代东京老百姓过的日子。虽然整个社会都还相当贫穷，但是小区生活充满人情味。正一父亲的造型颇有趣。他其实是不喜欢做生意的俳人。从早到晚满脑都是俳句，只有早上和傍晚铺子最忙的时候才系围裙接待顾客，其他时候则穿上俄罗斯式上衣，即当年艺术家的标志，谁知道往哪里逃之夭夭。

作品中，儿子对文人气质的父亲既爱又恨；他为人可爱，但是生活能力并不强，让家人觉得靠不住。不过，实际生活中，祢寝正一长大后走的就是很像父亲的一条路。他从青山学院大学经济学系中途退学以后，就在邻近阿佐谷车站前珍

● 《高圆寺纯情商店街》小说中的纯情商店街。

● 一九八九年直木奖作品《高圆寺纯情商店街》。

珠中心商店街开了"祢寝艺品店",边做小买卖边写现代诗,三十一岁获得了日本诗坛最有权威的H氏奖。后来,在新潮社文学编辑的鼓励下,亦开始写小说,处女作品中回想在高圆寺成长的少年时代而得到了直木奖。

祢寝父子以及出久根达郎的人生,都是文学创作和小买卖,艺术和生活,抽象和具体相结合的。这就是中央沿线的文化。

高圆寺阿波踊舞蹈大兴盛

说到高圆寺,很多东京人首先想起的大概是"阿波踊"了。每年八月底的两天,当地以及全国各地来的七千名舞者在高圆寺街头集体跳民间舞,场面好不热闹,来观看的游客多达一百二十万人。

阿波踊本来是四国德岛的传统节日,跟东京高圆寺毫无关系。一九五七年,当地商店会的年轻老板们举行第一回阿波踊时,作为商业性宣传活动完全是瞎编的。他们自己并不知道真正的阿波踊是怎么回事,却借用了远方大节的名称,希望多骗些人来。

新开发的住宅区,没有多少原住民,也没有传统庙会之类的小区活动。第一回高圆寺阿波踊虽然不过是老板们化了女装在街上乱扭腰而已,还是吸引不少观众,马上成为每年例行的活动了。这么一来,非得充实内容不可,于是派人到德岛留学,引进地道阿波踊的模式到高圆寺来了。之后,逐年发展,如今高圆寺阿波踊发展成大名鼎鼎的年中例行节日,东京市长每年一定要来亲自剪彩。

不仅如此,在高圆寺的影响下,这些年东京附近的商店会、自治会等举办起来的阿波踊也多达五十个。缺乏历史根据,没有宗教背景的世俗活动,却让居民异常狂欢。这就是日本社会学家所谓的"都市祝祭",换句话说是嘉年华。这

● 阿波踊舞蹈的剪影。

样的例子在中央沿线特别显著。

　　我最近认识的一个出版社编辑，几年前搬到高圆寺，参加了街坊阿波踊俱乐部。他发现，当地很多家庭，客厅墙上都设有大镜子，为的不外是照着练习阿波踊舞蹈。

　　新成员不会一下子学会微妙的手脚动作；他拿起三味线（日本三弦琴）担任伴奏。出乎意料之外，阿波踊俱乐部通年都有活动。除了到各地阿波踊帮忙以外，有时更到海外的嘉年华表演。最近的一次飞到上海，竟跟女子十二乐坊在同一个舞台上演出！

第十站：阿佐谷
飞越时空到北京

- **准备荷包购物去** | 珍珠中心商店街、祢寝艺术品店、书原
- **吃吃喝喝** | 东方园

阿佐谷文士村

二十世纪初的东京有过三个文士村，分别在于田端、马达和阿佐谷。

位于北郊，邻近上野美术学校（现东京艺术大学）的田端，本来就有很多画家、雕刻家的工作室。文豪芥川龙之介迁居以后，众诗人、小说家也纷纷慕名搬过来；大正时代（一九一二—一九二六年）中期的田端曾享有"文士艺术家村"的美名。

南郊马达和西郊阿佐谷是一九二三年关东大地震以后发

展起来的。前者以小说家尾崎士郎为首，后者的领袖则是直木奖作家井伏鳟二。大地震后，东京人口从旧市区往郊外移动，原先的农村地带盖起很多简便房子来，到处可见"空屋出租"的牌子。沿着中央线往西搬过来的新居民当中，外地出身、大学毕业、收入不高的所谓"无产有识阶级"不少，包括志向文学的一批年轻人。

高圆寺、阿佐谷、荻洼三个车站，相隔一公里多而已。各站附近都有文人住，例如，井伏家就在荻洼站附近的天沼。沿线文人聚集的地点，中间阿佐谷最为方便。

大约从一九二五年起，井伏鳟二、太宰治、横光利一、青柳瑞穗（法国文学家）等，当时在文坛上小有名气的年轻作家们常聚在阿佐谷车站北边的中餐馆 Pinocchio 一起吃喝聊天、下象棋。老板永井二郎是新闻记者出身，顾客当中文化界人士居多。

所谓"阿佐谷会"当初只是同行朋友之间自然来往交际而已，后来才开始正式发送请帖举办象棋大会，更逐渐发展成文坛上一个派别了。

当年日本一方面受俄国革命（一九一七年）的影响，另一方面有欧洲大战后的经济萧条，社会上相当流行马克思主义，文坛上走红的是普罗文学。同时，迎合小市民口味的大众文学也特受欢迎。阿佐谷会的作家们大多属于艺术派，夹在普罗文学和大众文学之间，为了确保发表作品的园地，创办了好几份同人杂志如《文学都市》《新作家》《海豹》《世纪》以及《日本浪漫派》。中餐馆 Pinocchio 就是这些杂志的编辑室。

一九三〇年代，阿佐谷会的活动达到高潮，一个原因是普罗文学遭到了当局的残酷压迫。进入一九四〇年代，尤其是太平洋战争开始以后，当兵的当兵，避难的避难，大多作家都离开了东京。

战后，虽然个别的会员继续活跃于文坛，但是其他人却跟不上时代风气的转变了。一九四八年太宰治跳进离中央线轨道不远的玉川上水自尽。到了一九六〇年代，老成员见面多在朋友的葬礼上了。阿佐谷会最后一次的正式聚会举行于一九七二年。老成员一个一个地去世。领袖井伏鳟二最为长寿，一九九三年也终于去见老朋友们了。享年九十五岁。

虽然老文人不在了，但是当地的文化气氛却至今留下来。东京学泰斗，评论家川本三郎一九四四年在阿佐谷出生。他写小时候附近有很多作家、艺术家、学者居住。到邻居、同学家去，都看到高达天花板的书架，也听到钢琴音乐。那种环境对培养下一代的文化修养很有帮助。

今天在日本文化界，战后在中央沿线杉并区一带长大的人可不少。其中，身兼钢琴家和作家的超级才女青柳泉子，是阿佐谷会的创办成员、法国文学专家青柳瑞穗的孙女。她至今住在阿佐谷。

物美价廉购物街

阿佐谷是很有魅力的住宅区。从车站出来，就看到美丽的榉树林荫道。

● 阿佐谷站外的榉树林荫道。

南出口对面的"珍珠中心（Pearl Center）"是全东京屈指可数的连环拱廊商店街，用珠母贝壳做的银河一般的屋顶下，小铺子一家挨一家，弯弯曲曲绵延七百米之长。

步行道两边，两百多家商店鳞次栉比，其中不乏几十年老店。面包店、蔬菜店、鱼店、肉店、蛋糕店、和菓子店、酒店、寿司店、烤肉店、中餐厅、西餐厅、文具店、玩具店、服装店、鞋店、理发店、美容院、眼镜店、超级市场、银行、医院、佛具店、棺材店……真是应有尽有。直木奖作家祢寝正一开的民间艺术品店"祢寝"位于中间偏右干货店隔壁，乃买和风小礼物的好地方。

珍珠中心商店街不仅规模大，行业种类齐，而且商品水平高，价钱又便宜，是东京很少见的物美价廉购物区。

当地出身的川本三郎常写道："阿佐谷是东京西边的下町。"街坊充满平民气氛，乃老居民当中，大地震后由东边下町搬过来的人不少的缘故。尤其是开商店的，很多是老江户后代，加上了文士村的书香后，产生了阿佐谷独特的风气：没有架子，可亲可爱的文化住宅区。

每年八月五日到九日，珍珠中心商店街举行的七夕节，算是日本三大七夕节之一。银河模样的天花板，悬挂着各种各样装饰品，下面举办爵士乐演奏会等，每年有上百万人从东京各地来凑热闹。

● 直木奖作家祢寝正一开的艺术品店祢寝（NEJIME）。

书原：东京风格的书店

商店街另一端是大马路青梅街道，往右走五分钟，可达地下铁丸之内线南阿佐谷站。对面有东京最有风格的书店之一——书原，爱书人士值得一去，何况全年无休，晚上开到十二点整！（从中央线阿佐谷站，可以直接走榉树林荫道。）

这家书店面对公路，位于MINI SHOP便利店上层的鞋店后面，从右边上楼梯去的半二楼。一走进去，比较大的铺子里，到处都是书、书、书。因为书架和书架之间，没有多少空间，找书看书，客人都得互相让一让。

　　书原摆的主要不是普通的畅销书，而是报纸、杂志的书评栏目讨论过、行家间受好评的文化专书占多数。尤其关于电影、音乐、心理学、文化研究等的理论书可不少。虽然表面印象很杂乱，但只要是爱书的人，则一定会马上看出来，这里泛滥的其实是对书本的深刻爱情。

● 书原（Shogen）：杉井区成田东四丁目三十九番一号芝万大楼。电话：0333136267。

东方园：首席乐手的传奇

阿佐谷有家可贵的中餐馆叫东方园，乃一对职业音乐家开的。

关存治先生和董韵女士曾是北京音乐学院的同学。毕业以后，关先生担任北京广播交响乐团首席乐手，董韵女士则做母校钢琴老师。一九八二年，他们带孩子移居东京，因为董韵母亲是日本人。第二次世界大战以前，她到中国东北教书，嫁给了台湾出身的音乐家董清财先生，两人生育的五名子女都成为钢琴家、小提琴家、声乐家等。

跟台湾父亲和日本母亲，在社会主义中国长大究竟是什么滋味，外人只能推测。总之，"文化大革命"爆发以后，长达十年的疯狂动乱里，每个知识分子都吃了苦头，何况是父母血统都有政治问题的音乐家。回想当年，董韵说："能活下来就是福气。幸亏小时候家里富裕，身体底子打得好。"

到了母亲的祖国日本以后，董韵（日本名字叫吉崎纯子）在东京艺术大学跟著名钢琴家安川加寿子学习两年，同时开始培养日本学生。一九八五年，关存治改行开东方园，主要出于经济需要。不过，他显然有烹调天分，做出来的菜肴不仅地道好吃而且有艺术的香味。从日本顾客的角度来看，在摆设、价钱平民化、气氛轻松好舒服的环境里，能吃到第一流的中国菜，实在难能可贵了。

这些年来，关姓夫妇在经营东方园的同时，还举办过多次音乐会，为中国来的音乐家提供表演场地，也为日本听众提供接触邻国音乐文化的好机会。

我去东方园，感觉犹如飞越时空访问了北京朋友家一般。以低声放的钢琴曲（女主人演奏）为背景，边吃招牌菜手工春卷，边听董韵谈着传奇来历，好比走进了一部波澜万丈的长篇小说中，很难相信这里其实是东京中央沿线。

● 东方园（Tohoen）：杉井区梅里二丁目四十番十八号——室。电话：0333188330。离地铁南阿佐谷站，沿着青梅街道往东走大约五分钟。

第十一站：荻洼
品尝老东京

> **体验老东京** ｜ 汤托邦泡汤、东家鳗鱼店、本村庵荞麦面店、TOWN SEVEN 地下一层菜市场、八重洲书本中心

诊所的小骗子

那年我在香港一家出版社做事。一月底，一年里最冷的时候，向公司请一个星期的假期回东京一趟，为的是参加老同事的婚礼。我还打算办完了事情后，周末跟一些朋友一起去泡温泉，幸好妹妹说可以开车带我们去郊外青梅温泉区。

老同事的婚礼在西麻布挺时髦的意大利餐厅举行。两层楼的小洋房里，密密麻麻摆了十多张桌子。每张桌子边坐六七个来宾。跟我同桌的一个男人一坐下来就不停地咳嗽，并且发抖地说："说不定我得了流感。"他果然没错，我当

场就开始感到头疼，没胃口吃意大利大菜，回家的路上已经明显在发烧了。

海外浪子回家乡生病，最麻烦的是没有保险证，去找医生看病，非得付全价不可，一次至少要六千日元，花费相当大。

妹妹告诉我："你可以用我的。但是，千万别在家附近用。在候诊室碰到了熟人，让护士发现你的真姓名跟保险证上的不同，那可就麻烦了。你也不想以诈骗罪被控诉吧？"

这时我的体温已经上升到四十度，显然不是一般的感冒，该去看医生了。于是，我听从妹妹的劝告，从娘家附近的中野站上了中央线，过高圆寺、阿佐谷，不久到了荻洼站。这里离家够远了吧？

我本来对荻洼不熟，但是东京住宅区到处都有小诊所的。从车站北口出去，一直沿着商店街走，很快就在右边看到了某某医院的牌子。我犹豫三秒钟以后，还是鼓着勇气开门进去，把妹妹的保险证交给接待处的护士。

候诊室没有几个人。护士马上看着保险证对我说："山田女士，第一次来这里？"

我感到特别尴尬，因为她念错了保险证上写的姓。妹妹夫家姓山冈，不是山田。但是，我问心有愧，不敢纠正她，只好含糊其辞地点着头搪塞过去。

几分钟后，我走进诊察室坐下。医生好像在看病历卡上的年龄，然后看我的脸。他是否发现了我岁数比保险证上说的大很多？毕竟，跟妹妹年龄相差有七岁。我的心脏不由得噗通噗通跳。医生应该通过听诊器听到了吧？

"流感。我给你开一个星期的药。"

好在日本的老头医生普遍不爱说话。但护士是另外一回事。我付钱的时候，她忽然大声说："哎唷！我念错了。原来你是山冈女士，不是山田女士。很抱歉，山冈女士。"

其实我不姓山田，也不姓山冈，但是问心有愧不敢说出来，抱着沉重的心情离开诊所，走回火车站了。

汤托邦：老东京泡汤

荻洼站北口有个公共浴池叫"汤托邦"[1]，乃东京较早开的综合三温暖设施，用后来流行的词儿便是 SPA 了。我难得有机会回东京一趟，本来约好朋友、妹妹一同去泡温泉，然而得了流感发高烧，非得取消温泉之行。这时候，从诊所走出来，马上看到汤托邦的牌子。我根本没有犹豫，也没经考虑，几乎本能地直接走进去了。

当年，我在香港的家，浴室小得可怜，浴缸小如洗脸盆。

---

[1] 汤托邦（YUTOPIA）：杉井区上荻一丁目十番十号。电话：0333984126。

去铜锣湾的三温暖吧,不知怎地没有浴缸,除了烤箱和按摩床,只有淋浴设备而已。总之,我特别想要趁在东京,跳进大浴缸满满当当的热水中把全身肌肉松开一下。

我对温泉的热爱,恐怕来自祖先遗传给我的基因。平时在海外生活都甚少感到不满,只是强烈地想念日式浴缸,尤其是温泉浴。这次去温泉的计划既然泡汤,我至少要到汤托邦沉在几种不同的大浴缸里,用力伸开手脚了。

发高烧时跳进热水,到底是好主意还是傻念头?大概是后者吧。那次本来有四十度的体温,泡在热水以后并没上升,虽然也没有退下来,不过,坐在长方形木造浴缸中,闻到的扁柏木香味,真的特有解除身心疲劳之作用的。

品质是文化的根本

人生的事情始终难以预测。一年以后,我开始常到荻洼了。

在香港认识的日本男朋友家在荻洼。我每两个月就飞回东京到他家暂住。荻洼车站南北两边都有商店街和住宅区。这回,我主要在南边出没,发现了附近有几家挺不错的食肆。

例如,"东家鳗鱼店"。老夫妻俩经营的小小铺子,所提供的菜肴着实一流。这一带还有"安齐""田川"等全东京著名的几家鳗鱼店。

还有，沿着铁路往西走十分钟的荞麦面店"本村庵"，乃纽约SOHO同名店的总店。室内外设计充满日本味道，荞麦面和下酒菜都做得特精致，冷清酒的温度保持得非常专业。

真不能小看荻洼，从表面上看来是普普通通的住宅区，实际上，饮食文化的水平蛮高的。我问男朋友为什么，他说是关东大地震后，本来在东城的老字号以及老饕很多都迁移到这边来的缘故。经一查，果然本村庵是地震翌年创业的。

● 本村庵（HONMURA-AN）：杉井区上荻二丁目七番十一号。电话：0333909325。周二休息。

● 喝清酒用的木杯。

美国的日本学专家 Edward Seidensticker 说，大地震以后可爱的江户文化消失了，好像只对一半。实际上，在东城遭到了破坏的东京式生活文化，沿着中央线避难到西郊来，幸运存活到今天。

若不信，请到荻洼车站大楼 TOWN SEVEN 地下的菜市场看一看。那里有东京屈指可数的鲜鱼店、贝店、蔬菜店、水果店、咸菜店、豆腐店、茶叶店等。日常生活的质量高，是文化生活的基本要素。東家鳗鱼站（AZUMAYA）：杉并区荻洼四丁目三十一番四号。电话：0333913325。周三休息。另外，隔壁 LUMINE 大厦四楼的八重洲书本中心（YAESU BOOK CENTER）等，水平高而充满城市气味的书店在荻洼地区也有不少。

第十二站：西荻洼
用摇滚来烧烤

- **寻巷挖宝去** | 西洋古董我乐多屋、西荻一番街
- **吃吃喝喝** | HEARTLAND 咖啡店、戎烧鸟店

西洋古董街

中央线西荻洼站，东京人通称为"西荻"。今天说到西荻，很多人就想到古董街了。一九八二年，第一家"西洋古董我乐多屋"创办后，逐渐有不少同行搬过来，现在竟增加到大约七十家。

记得新婚的日子里，我曾和新郎手拉手到西荻洼站北出口的古董店寻找适用于新居的英国古董饭桌和椅子。

上世纪二〇年代的英格兰家具，很多都进口到日本来。用褐色木头做的饭桌，平时是四人坐的正方形，到了开饭时刻，两边可以拉出来再加上两个位子的。大概当初是英国工

人阶级家庭用的吧，蛮适合于狭小的日本房子。多雨潮湿的英国气候跟日本群岛也很像。把暗褐色木头家具放置于和式房间中，意外地显得自然。

那一次，我们走遍东京各地好几家古董家具店。大体上同样的设计，细节上却各有独特的形状，导致整体印象很不同，令人很难作出决定。最后，在东京湾边的大仓库里，我们找到了合意的。可以说是一见钟情。一个笨重的英格兰饭桌和四把椅子，至今用在餐厅里。

住宅区西荻洼的古董店，大部分都规模不很大。找餐具、厨具、室内装饰品等小东西，收获会更大。附近不仅有西洋古董专门店，而且有日本江户时期物品专门店，也有木偶、和服、美国生活用品专门店等。火车站北口的派出所有免费的古董地图(antique map)，游客能够边看边散步，非常方便。

另外，在西荻洼，有特色的旧书店和咖啡店也很不少。

进入火车站北出口派出所旁边的"西荻一番街"直走约五分钟，右边小公园对面大楼一层有 Heartland[1]，乃既卖旧书又卖咖啡的好店。直木奖作者角田光代是常客之一。喝着欧洲啤酒翻翻各国文学作品，感觉蛮不错。

---

1 Heartland：西荻一番街杉并区西荻北三丁目十二番十号。电话：0353102520。www.heartland-books.com。下午一点到晚上八点。每周三休息。

戎烧鸟店：摇滚人的烧烤技

西荻洼火车站南北两出口都有著名烧鸟店"戎"[1]。南口那家是总店。

日本所谓的"烧鸟"，指的其实是烤肉串，材料并不限于鸡肉，而更常用上猪肉。其中以猪舌、猪肝、猪肺、猪心、猪子宫、猪头肉等，日本人平时不吃的内脏类居多。烤鸡除了正肉和鸡丸外，还有鸡肝、鸡胗、软骨等多种。"烧鸟"最初是东京蓝领阶级男人的下酒菜，过去半世纪才逐渐开始上中产阶级饭桌的。

凡是"烧鸟"，都有"盐烧（shio-yaki）"和"酱烧（tare-yaki）"两种。只有青椒、冬菇、白果（银杏）等蔬菜类，专门撒盐而烧。戎的菜单上，另外有炖牛杂、水饺、鲜鱼刺身等。招牌菜"油炸沙丁丸（iwashi korokke）"是让整条沙丁鱼包住薯泥后裹上面包粉再油炸十分钟而成的；看起来像炮弹，吃起来特能饱肚。

戎的顾客很多是单独来的男人，在柜台或摊子边坐下来，先叫杯生啤酒或白酒苏打，然后看着黑板上写的当日菜单，

---

[1] 戎（YEBISU）北口店：杉并区西荻北三丁目十九番十二号。电话：0333908445。下午四点到深夜两点。南口店：杉并区西荻南三丁目二十五番九号。电话：0333319414。下午四点到晚上十一点。每周日休息。

一口气点"猪舌、猪肝、猪肺、猪心、鸡胗、软骨,各一份,全要盐烧"等。站在开放厨房里的工作人员听到了之后,齐声用男低音重复:"猪舌、猪肝、猪肺、猪心、鸡胗、软骨,各一份,全要盐烧。"场面犹如舞台剧,也有人形容为纪律严明、行为一致的球队。

源自蓝领阶级酒肆的烧鸟店,至今基本上为男人的世界。有些烧鸟店甚至挂着"谢绝女客"的牌子。这样的做法,若在二十年以前,一定会惹上当地女性主义分子。不过,现在日本男人在社会上和家庭中都越来越靠边站。"谢绝女客"的酒肆已经具有历史价值,我们该保护,而不用攻击。

西荻洼的两家戎,虽然没有那么落后于时代,不过工作人员全是男性,而且明显有军队般严格的等级制度。站在炭火炉子边负责烧烤的是第一把手,在他旁边帮忙的则是第二把手等。尽管如此,中央沿线毕竟是文化人的住宅区,连烧鸟店都不能没有一点文化背景。听说,南口店的第一把手是摇滚乐手,还偶尔在六本木的音乐酒吧上台表演。

"戎"的生意始终特好,除了西荻洼南北两家总是客满以外,如今在惠比寿花园场地等商业大厦都有了分店。可是,想要尝尝地道的日本烧鸟,还是该到西荻洼去。物美价廉,充满活力,再说重男轻女——怪不得,烧鸟店永远是日本男人最爱的安息所。

第十三站：吉祥寺
东京梦

走访日本首座西式公园 ｜ 吉祥寺站南口→丸井0101百货→井之头公园

吃吃喝喝 ｜ 伊势屋烧鸟店

美丽的郊外

中央线列车到了吉祥寺，行政区划上已经离开东京市区（二十三区）而进入郊区了。电话号码的区号不再是"〇三"，而是"〇四"开始的三位数或四位数。

今天，吉祥寺是全东京屈指可数、新宿以西最大的闹市区。也难怪，坐中央线到新宿才二十分钟而已，坐京王井之头线到涩谷也一样方便。火车站附近，除了百货公司、大型专门店以外，有个性的小店、食肆也鳞次栉比。

不过，吉祥寺的魅力却一向在于郊外性。

由火车站南口（公园口）出来，走过丸井0101百货和无印良品，踏进世界民族服装店以及各国风味小吃店林立的小路时，仿佛身在纽约曼哈顿岛南区。过几分钟到头，看见树木繁茂的井之头公园，耳朵听见街头音乐家演奏的爵士乐，全身感觉到刮越湖面而来的凉风时，你一定能体会到，这里原来是都市人想象中的美丽郊外。

郊外是近代的产物。之前，只有城市和乡下而已。当社会近代化、工业化、都市化以后，才出现上班族的住所——郊外。开发田野而建造的住房和公园地区，由于没有传统的束缚，充满着自由开放的气氛。在古老的东方，更往往呈现西化的造型。

井之头公园：日本第一座西式公园

井之头公园是日本第一座西式郊外公园，于一九一七年开园。里面有湖、森林、散步道、网球场、动物园、植物园、儿童游乐园、雕塑馆等，蛮适合男女老少举家一起来玩，也受到平生第一次约异性朋友郊游的男女学生的青睐。

我小时候的印象中，井之头公园就是森林。坐父亲开的车，离开新宿的家，路上瞌睡一会儿后，被母亲叫醒而张开眼睛，总是看见了绿油油的树木和路边小摊子卖的很多气球。

● 东京的绿洲——井之头公园。

以郁郁葱葱的森林为背景，红绿黄蓝橙白各颜色的气球随风飘动的样子，对日本小孩来说，好比走进了西方童话中一般。何况，在自然文化园里，有白雪公主和七个小矮人的像，以及彩色大蘑菇、木造小洋房等格林童话故事里常见到的场景。

到了高中年代，井之头公园是跟男朋友去划船的地方了。

两人一起去郊区，感觉有点像私奔，违背道德似的气氛，真是陶醉人。当年的日本学生其实蛮健全，从来没有单独躲在密室里。开放水面上的小舟，在我们的经验里，倒是最接近密室的。唯一要小心的是湖中心的小庙：据传说，安置在里面的辨财天女神特爱吃醋，若有情侣当着人过分黏黏糊糊，她一定要搞坏两人关系。所以，当小舟划到小庙附近时，最好两人离得远一点。

过去三十年，日本很多连续剧都在这里拍摄。一九七〇年代中，中村雅俊、田中健、秋野太作三人饰集体主角的青春故事《我们之旅》以吉祥寺井之头公园附近为背景，社会上影响力相当大。现在中年以上的日本人大多还能唱主题歌。一九八五年、一九九五年、二〇〇三年，拍过三次的续集都特受欢迎。不过，对年轻一代来说，恐怕以丰川悦司为主角的《跟我说爱我》的印象更加深刻了。

有趣的是，只要来到井之头公园，你真会看到跟剧中的丰川悦司一样坐在湖边画画的小伙子，也会碰到跟当时的中村雅俊等人一样大笑大哭，或者大喝大醉，尝尽青春滋味的男女青年。

位于公园入口的伊势屋烧鸟店，很有都会乡村的气氛，也特像电影布景。最里头的落地大窗户边，坐在铺子里感觉倒像野营帐篷中。从大白天起，很多日本男女都来喝酒聊天吃烤肉串。

● 伊势屋（ISEYA）公园店：武藏野市吉祥寺南町一丁目十五番八号。电话：0422432806。

究竟人们在模仿电视剧，还是剧本的写实性特别高？大概两方面的情形都有：艺术，尤其是大众艺术，确实常模仿真实人生。但是，郊外生活本身，乃人们追求理想的想象力所产生的人工产物。

漫画家集散地

据说,目前全日本漫画家人口最集中的地方是东京郊外吉祥寺。

前些年,我忙于生育的日子里,曾热心看过石坂启的育婴漫画散文《小娃娃来了》《孩子界的人》等。因为她家住在吉祥寺,作品中常出现我很熟悉的地名、店名,读后感觉特别亲切,好比在看校内报纸一样。

现在,我最爱看的漫画,《每日新闻》每周一连载的《每日卡桑》之作者西原理惠子,也是吉祥寺的居民。

一九六四年生于四国高知县渔村,十八岁单独到东京来上武藏野美术大学的西原,作品风格很独特。她善于描写下层生活的悲哀,作品中常出现酒鬼、妓女、孤儿等;同时,她幽默感特别强,显然把黑色幽默当作弱者的武器。第一次看西原漫画的人,容易误以为是小孩胡写乱画的,其实那是她独创的新手法。当她成功并获得好几个奖项之后,一些年轻作家开始走同样路线,如今在日本漫坛上,已在逐渐形成西原派了。

《每日卡桑》是她结婚、在吉祥寺买房子、生育一男一女休息两年以后,复出于岗位上发表的第一部作品。从前主要画激进露骨漫画的破灭型女漫画家,成家做了母亲后到底要画什么样的作品,行家和读者都充满着好奇心。谁料到,连载开始后不久，西原就在作品中透露：丈夫（战场摄影师鸭志田穰）是不可救药的酒鬼，在外国待几个月回来后直接住进医院治疗酒精中毒症，一出院就马上要到飞机场往国外冒生命危险去。如此不稳定的生活方式，导致夫妻之间风波不断；虽然丈夫和两个孩子的感情很不错，但是她最后还是下决心非办离婚不可。（在其他媒体上，她也承认，酒鬼丈夫对妻子的家庭暴力很严重。）

这简直是跟现实同时进行的"私漫画"了。尤其是幼小的西原女儿重复企图让父母重新和好的场面，在很多读者心目中留下了特别深刻的印象；作品的艺术成就一点也不亚于严肃小说的。难怪，《每日新闻》上的连载非常受欢迎，单行本一出来就卖好几十万本，后来更获得了手塚治虫文化奖。

现在，《每日卡桑》主要以母子三人加上姥姥在吉祥寺过的日常生活为主题。男孩淘气，女孩早熟，漫画家母亲忙到昏迷，姥姥则以昔日乡下方式管家。围绕着他们，真假参半的种种故事，一篇一篇都像绝佳的短篇小说，充满着人生的哀伤与趣味。虽然孩子失去了父亲，妻子失去了丈夫，姥姥失去了女婿，但是他们现在的生活安全稳定，满幸福的。看起来很平凡的日子里，从来不缺乏惊喜和发现。

当西原的产假刚结束时，有个评论家揶揄地说过："买得起吉祥寺豪宅的漫画家，还能画出下层人民的悲哀吗？何况在她结婚生子，过着完全小市民式生活的时候？"

没错，吉祥寺的房地产确实很贵，特别是邻近井之头公园的地段，因为环境突出，价钱也非常贵，除非是高薪族或者畅销漫画家，否则很难住得起的。

最近，我看东京太田出版的mook（杂志书）《快乐中央线》，其中有西原理惠子的访谈。她说：刚到东京时，住中央线立川上补习班；第二年考上国分寺的武藏野美术大学而搬家，后来，画黄色漫画糊口，逐渐出名而搬到大一点的地方；直到结婚盖房子，她前后都住在中央沿线。虽然在东京住了二十多年，但还不清楚六本木、代官山等时髦地区在哪里，怎么走。

显而易见，西原体现了一种东京梦：从乡下只身跑来首都，作为创作人出大名。一贯住在中央沿线是她自己的选择，因为这里有开放的气氛，接受容纳高低各档次的文化人，不同于六本木、代官山等专门制造并消费商业想象的地区。另一方面，她的个人生活，有丰富的经验和难忘的挫折。

作为西原理惠子漫画的背景，吉祥寺是再合适不过的地方了；不用什么评论家说三道四！这儿是有理想的人聚合的允诺之地。人生会有成功的时刻也会有失败的时刻，但凡是尝试过的人都永远是勇者。西原漫画很受欢迎，因为她是个勇者，通过作品去鼓励男女老少广泛读者的缘故。

第十四站：三鹰

走访文人散步道

> **最美的风之散步路线** ｜ 三鹰车站下车→玉川上水步行道→三鹰森吉卜力美术馆→井之头公园→太宰治纪念碑→山本有三纪念馆

武藏野：马克思主义的浪漫

中央线快速到了三鹰，风景就开始跟之前不一样了。离开东京站以后，一直在窗外的高楼大厦逐渐减少，反而木造民房多起来，中间还看得到树林，甚至田野。

自从御茶之水站跟中央线并走的柠檬色总武线慢车、从中野起相伴的地铁东西线均以三鹰为终点。乘客当中，单身贵族模样的男女，几乎全在三鹰之前下车；留在车厢里的，大多是在郊区经营小家庭的白领和他们的家人。橙色列车从此单独疾驰的平原，就是武藏野了。

《武藏野》是日本明治时代的自然主义作家国木田独步（一八七一——一九〇八年）问世的第一本小说集名称。文中，最有名的一句话"自由存于山林"今天刻在三鹰火车站北出口派出所后面的文学碑上。十九世纪末，既信仰基督教又研究马克思主义的文学青年，以浪漫的眼光看山林，乃受了屠格涅夫、华兹华斯等西方作家思想的影响。显而易见，"大自然"其实是被近代人发现的。

玉川上水：文学的善与恶

站在三鹰车站月台上望西南边，看得见绿油油的森林。那是玉川上水步行道，沿着江户时代的上水路，可以走到宫崎骏策划的三鹰森吉卜力美术馆以及井之头公园。往吉祥寺的这一段路，现在叫作"风之散步道"，修得特别漂亮。

中途经过无赖派破灭型作家太宰治（一九〇九——一九四八年）跟情人跳水自杀的地点（以他故乡青森县产石头为标志），以及道德派作家山本有三（一八八七——一九七四年）的纪念馆。

太宰治至今是日本年轻人最钟爱的小说家，但是他的生涯，从酗酒、嗜毒、借钱到多重外遇，只能用"乱"字来形容了。他生前，全家五口子在三鹰下连雀，离玉川上水大约一百米的地方租小房子住，纸门破了，屋顶又漏雨，但是不能装修，因为没钱，而且房东也不管。

相比之下，山本有三住的大洋房，豪华得简直是欧洲城堡。他把住家弄成图书馆开放给附近的年轻人，今天更作为文学纪念馆公开于世。山本作品如今还偶尔被政治家引用到演说中，一个不可忽视的因素就是，他生前一贯做了可尊敬的好市民，并且获得过文化勋章。

无论古今中外，文学作品的主要题目之一始终是人性中的善与恶。山本有三专门研究了人性中善良的侧面；太宰治则更被邪恶的侧面吸引。两个作家，表面上看来，似乎在体

● 沿着江户时代的风之散步道可走到井之头公园。

现两个极端。实际情况更为复杂，善与恶往往是很难分别的，尤其在作家身上。

例如，当太宰自杀之后，来三鹰住的女作家濑户内晴美（一九二二年—），她看上年少的男人而私奔，因此放弃了亲生女儿。跟情人分手后埋头写作登上文坛，同时跟已婚男作家谈情谈得死去活来。中年出家做尼姑，剃掉头发用法名"寂听"继续写作。她一方面写佛教故事、翻译古籍、从事社会活动，另一方面写大胆的爱情小说，早就过了八十岁仍旧是第一线作家。濑户内寂听作品特能打动女读者之心，毕竟作者的人生经验非常丰富，包括善与恶两方面的。

● 山本有三的住所改为图书馆供人参观。

濑户内年轻时候参加的同人杂志《文学者》由当年的明星小说家丹羽文雄主宰。他公馆就在三鹰。夫妻作家吉村昭和津村节子,当时也是《文学者》同人。濑户内搬过去以后,他们继续住在三鹰到今天,还经常沿着玉川上水"风之散步道"散散步。丈夫吉村昭如今做太宰治文学奖评选委员。

樱桃忌:连结艺术家的网络

六月十九日是太宰治的忌辰。他跟情人山崎富荣用红色绳子捆在一起的尸体,恰巧被发现于他四十岁生日。从第二年开始,每逢六月十九日,太宰的朋友和书迷们,聚在三鹰禅林寺举行追悼会。

六月里出生的太宰特别喜欢吃樱桃,写过令人难忘的同名短篇,文中描写面临瓦解危机的文人家庭。因而他的忌辰取名为樱桃忌,有些书迷用很多樱桃做成项链,挂在墓碑上;正如太宰在文中写道,看起来极像大颗珊瑚。

太宰治墓碑斜对面有日本明治时代的文豪森鸥外(一八六二—一九二二年)之墓碑。鸥外是高级军医,也做过国立图书馆馆长。作品风格又一本正经,连他女儿森茉莉(一九〇三—一九八七年)都说"爸爸的小说就是缺乏恶魔"。

茉莉自己中年以后开始发表文章,被评论家视为文坛耽美派的代表人物。晚年写的长篇小说《甜蜜的房间》以父女恋为主题，可以说作品中很有恶魔。今天，她骨灰埋在鸥外墓碑旁边，森家之墓下边。

无赖派作家太宰治，生前经常来禅林寺，在《花吹雪》一文里赞美过森鸥外墓碑的清静环境。他去世后，夫人买下禅林寺一块墓地，让一辈子调皮到头的丈夫永眠在稳重正直的文坛前辈斜对面，说不定有请他在黄泉之下好好监督太宰的意思。谁料到，无赖派作家的身边连死后都不能安静下来；一年半以后，后辈作家田中英光就在他墓前自杀了。

太宰治的人格真是复杂。细看他年谱，似乎在不少方面，包括最后自杀，都模仿了早一代文学明星芥川龙之介（一八九二——一九二七年）似的。虽然龙之介本人只活到

● 太宰治代表作《斜阳》的纪念碑。

三十五岁,但是他两个遗孤后来都在文化界出了大名。其中之一,三男也寸志在战后日本音乐界颇为活跃。《三鹰市民之歌》就是他写曲子的。

艺术家和艺术家之间自然展开的网络,令人联想到太宰治书迷挂在墓碑上的樱桃链子。

日本文学爱好者必访之地禅林寺位于三鹰车站南边。沿着中央通一直走,到头往右拐就是了。如果直接走,大约只需十多分钟。但是,路上有几个文学碑、特有吸引力的寿司店(我推荐"松寿司"的大阪式鲭鱼寿司),以及现做现卖的团子店、注重绘本的旧书店等。边看边走,则容易花上一个钟头了。

第十五站：武藏境……
向西前进

> **寻访诗人的浪漫脚步** ｜ 武藏境站下车→玉川上水堤岸散步道→小金井桥→武藏小金井站

东京大西部

虽然我生长在中央沿线，但是小时候几乎没有坐橙色列车来过三鹰以西的郊区。也许世界每个大城市的居民都一样，东京人的日常活动空间也基本上限于自己住家和市中心之间。住在中野父母家的日子里，我天天坐上行列车到新宿见朋友，去神田买书，或者由东京站往日本各地旅行，然而从不坐下行列车往郊区。

若非结婚以后定居的地方在西郊国立，说不定我一辈子也不会发现三鹰以西的东京。想想看，我真得谢天谢地了。原因有二：首先，这里至今保留着特别丰富的大自然，令人对东京这座城市刮目相看。其次，从过去到现在，东京不停地往西发展。

无论是一九二三年的关东大地震，还是一九四五年的美军大空袭，失去了住房的市区难民都避难到西郊来了。到了一九七〇年代日本经济起飞时期，政府投入大量公共资金在多摩丘陵建设了大规模的卫星城市，通称"多摩新城（Tama New Town）"。在当年的日本人来看，广大原野上忽然出现的多摩新城简直代表着美好的未来。

多摩川边的杂木林里，盖好了一排又一排的西式公寓，保证居民能过有洗澡间、有热水的近代化生活。希望离开拥挤市区的破旧房子而搬进一切都发光的郊区新城的人可多了，虽然爸爸的通勤时间会长达一个多小时。那年代，抽签中彩的人才拥有资格购买、租赁新城房子。

现在四十多岁的日本中坚作家当中，小时候在新城长大的人为数不少。例如，向来研究郊区文化的岛田雅彦、德日双语作家多和田叶子等。他们的成长环境跟旧市区或传统农村都截然不同，乃彻底人工化的小家庭王国。

三十年后，当年的新城硬件已变成老城，居民的高龄化也相当显著。孩子长大离开以后的小家庭，老夫妻如何经营独立生活，是日本人从来没有面对过的新议题。尽管如此，总体来看，东京居民的生活重心还是在逐渐往西移动中。

山手线内部的旧市区，生活方面的空洞化很明显，每年有好多所小学中学关门,已经没有了街坊可说。相反的,西郊的儿童人口没有减少,从幼儿园到研究院的各级学校也蛮多。有青少年的地方就有未来。越来越多的东京小孩以武藏野、多摩丘陵为故乡。他们稍微长大了以后,开始搭橙色的中央线快速,慢慢发现新宿、神田等闹市区的。

小金井公园:踩踏诗人的足迹

你若想看武藏野的景色,最好到小金井公园。十九世纪的浪漫诗人国木田独步跟情人来寻访大自然的地方,就是这里。

在《武藏野》一书里主人公带朋友在武藏境站下中央线,走到玉川上水堤岸散步到小金井桥,然后由武藏小金井站上车回家。

今天的武藏境站是不大抢眼的小车站,可是它历史很悠久。一八八九年四月十一日,中央线(当年叫甲武铁道的私铁)开通的时候,起点新宿和终点立川之间只有两个车站:中野、武藏境。长达二十七公里的铁路,仅十个月时间就完工,据说是为赶上著名的小金井堤岸樱花盛开的日子。

独步跟情人到小金井来是夏天的事情,樱花早就谢了。堤岸茶店的老女人笑他们弄错了季节。实际上,年轻情侣要避开人群,反而希望在夏天繁茂的树叶下躲起来的。

小金井公园建设于一九四〇年,当初叫作小金井大绿地,战后为皇太子明仁(现天皇)提供了暂时的住所,一九五四年才改为东京都立公园而对市民开放。现天皇显然特别想念在小金井长大的少年时代,如今在皇居东御苑有一角是他特地下令重现武藏野杂木林的。

位于玉川上水北边,总面积达七十七公顷的大公园,其中十六公顷是枹树、栎树、红松为主的杂木林,乃被政府指定的野鸟保护区,一年四季飞来的鸟类超过四十种。自古著名的樱树则有一千八百棵,每年春天上万东京市民特地过来赏花。

我自己特别喜欢在公园西边的树林里,听着悦耳的鸟声吃野餐。周围有很多木制桌椅,方便极了。

江户东京建筑物园:重现消失的生活空间

来到了小金井公园,一个绝不可错过的景点是江户东京建筑物园。

从江户时代到昭和初期的历史建筑总共二十七栋,统统复原于公园内。其中有武士宅邸的大门、明治时代政治家的房子、旧市区的小商店、居酒屋,还有派出所,直到有轨电车车厢。入口的访客中心则是一九四〇年庆祝"日本纪元

● 小金井公园（Koganei koen）：从武藏小金井站北口步行约十五分钟，或是坐西武巴士五分钟就可以到达。

● 没有地铁的时代,有轨电车是主要的交通工具。

二六〇〇年"时盖的宫殿移过来的。

人气最高的公共浴池"子宝汤",为宫崎骏动画《神隐少女》[1]的舞台"油屋"提供了基本形象;每到假日都有好多宫崎迷从日本各地来参观。

这所建筑物园,不仅复原了个别的建筑物,而且还企图重现以往的生活空间。比如说,一九七〇年以前的东京到处都是的空地,几乎无例外地有大陶管。当年的小孩子们要么

---

1 大陆通用译名为《千与千寻》。——编者

● 子宝汤是《神隐少女》中"油屋"的灵感来源。

看成隧道，或者当作躲藏处，总之在大人看不到的地方展开了各种秘密游戏。建筑物园策划部门，为了让今天的孩子们体验一下二十世纪后半的儿童世界，特地找来老陶管，重现了现实当中消失许久的空地，也由指导员传授了古老的童玩如草笛、踢罐头。结果，小朋友们非常高兴，因为这样的玩耍环境，他们只在"哆啦A梦"等卡通片里看到过。

历史悠久的武藏野特有包容性。除了老建筑物、有陶管的空地外，如今还有漫画人物鬼太郎和眼球老爸住的小屋。妖怪漫画大师水木茂创造的"墓场鬼太郎"重复地拍成动画片，每每受到热烈欢迎。如今在日本，连大人都热中于妖怪故事、漫画、影片等的。建筑物园曾举办水木茂特别展览，所引起的反响非常大。大家尤其喜欢鬼太郎的房子，虽然破屋子里面只铺张破席子而已。园方重视参观者的感情，于是决定留下来当作永久性展品了。

博物馆的使命，本来是保留、维护历史文物。江户东京建筑物园进一步去重现已消失的生活空间，更容纳市民共同记住的漫画作品。经营理念革新大胆，讨人喜欢。这儿是东京众多博物馆当中，我最中意的地方之一。

● 江户东京建筑物园的访客中心本身就是历史建筑。开馆时间从上午九点半到下午四点半，夏季到五点半。每周一和年底年初休园。大人门票四百日元。

第十六站：西国分寺 / 国分寺
月台上的传统风味

品尝传统风味 ｜ 武藏国分寺、月台十分钟理发店、月台拉面店

早早存在的西中央线

由东京旧市区的居民来看，武藏野是新开发的住宅地。"本来是原野、杂木林吧。听说这些年盖了不少房子。"他们说。好比于一六〇三年，德川家康在江户开幕府以前的历史是一片空白。但那当然是大错特错。无论在什么地方，历史的真相犹如油画布：一幅画下面，说不定隐藏着好几层之前画过的不同场面。

连东京学泰斗、评论家川本三郎都在一篇文章里坦白："坐往西的中央线来多摩地区，先入为主地以为这是新开地。结果，却发现有几百年历史的酿酒厂，十几、二十代的老居

民等，对自己的无知和偏见不能不脸红。"

实际上，当地的历史至少追溯到公元前三千年。当年的地址，被挖掘保存的有好几所。在中央线国分寺车站附近，甚至发现过一万年以前的小刀型石器。

据考古学调查，开垦原野的大事业，其实早在公元五世纪就已经开始了。六七世纪，朝鲜半岛的动乱曾造成过海迁来的移民潮；武藏野北部至今保留着一些渊源于韩语的地名。到了八世纪，编纂日本最古老的诗歌选《万叶集》的时候，所收录的不少"东歌"是当年武藏野的生活咏成诗的。相比之下，江户城四百年的历史，短得很呢。

武藏国分寺：全国第二的木造建筑

火车站名国分寺，乃取自公元七四一年受天皇之命而建设的老寺院。当年日本各地流行天花又闹饥荒，统治者圣武天皇信仰佛教，为了祈祷国泰民安，下令在全日本每一国（等同于省）都建设一所国分寺以及国分尼寺。

其中最大的是闻名于世的奈良东大寺。现存的伽蓝，虽说经过改建比最初小了很多，但仍然是全世界最大的木造建筑。气派雄壮的程度令人联想到古希腊的大建筑，一点也不像后来日本的袖珍趣味。

据记载，当年的武藏国分寺，建筑规模仅次于东大寺，乃全国第二大的。位于今天中央线轨道南边大约两公里，接近府中大国魂神社之处，附设七层塔的大寺院，其气派也应该蛮雄壮的。可惜十四世纪初，在当地武士互斗中烧掉了。今天在原址的北边有同名寺院，是十八世纪奠基的，跟八世纪的国分寺属于不同宗派。

德川幕府时期，这一带也是将军家人用老鹰抓小鸟和小动物的猎场，留下了"御鹰道"等地名。

附近有个"真姿池"，据传说，是古代的绝世佳人玉造小町生病时（八四八年），到武藏国分寺许愿，在境内水池

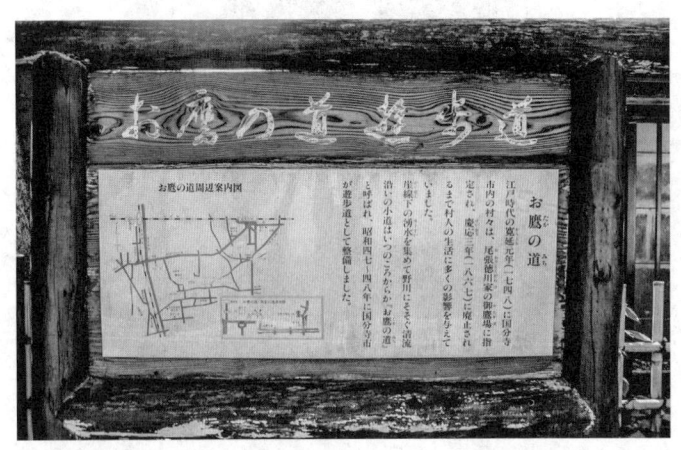

● 昔日的御鹰道，如今是很舒适的散步所在。

里斋戒沐浴、清心洁身后痊愈了。以"真姿池"为源头的清凉泉水路，仍然流于住宅区，当年的御鹰道今天形成了挺舒适的水边步行道。附近农民把作物拿来在水中洗净后现场出售给散步客。夏天晚上，萤火虫的舞蹈会，漂亮极了。

武藏野台地和南边多摩川之间的河岸阶地，因地形的缘故，从崖面涌出丰富的泉流来。在很多地点，居民拿塑料桶子去泉头打饮用水；下游水路中则常看到孩子们戏水。这样的生活环境，在东京市区（二十三区）内，连想象都想象不到的。即使曾经有，为了盖大楼挖地的缘故，地下水脉处处

● 德川幕府时期打猎的御鹰道。

● 有神秘传说的真姿池。

给断掉了。只有在郊区,人们还能享受到自然的恩惠。

中央线国分寺、西国分寺两个站中间,修建了巨大的武藏国分寺运动公园。真姿池和御鹰道都在公园后面的山崖下。至于八世纪的遗址,则在更南边了。

国分寺书店的婆婆

说到东京国分寺,最多日本人想起的可能是椎名诚的《再见,国分寺书店的婆婆》了。那是他一九七九年问世的散文集，使作者一下子全国出名了。

椎名诚（一九四四年出生）本来是小型书评杂志《本の杂志》（中译：《书的杂志》）的总编辑，以《国分寺》一书忽然成为文坛宠儿以后，更做起户外活动专家，过去十多年一直在日本最有地位的《周刊文春》上连载来自世界各地的探险报道。不过，也许更重要的是，一九八〇年代以后，椎名诚创始的所谓"昭和轻薄体"文章席卷日本。从此，主流媒体上都泛滥极其口语化、半开玩笑式的轻松散文了。

《再见，国分寺书店的婆婆》是他和家人住在国分寺北边，私铁西武沿线时候写的生活报告。本来在市区新宿等地打滚的出版界人士，结婚生小孩以后，非得到郊区来寻找安静价廉的居住环境。JR中央沿线是高级住宅区，房租超过年轻小家庭的预算，只好转私铁再坐几个站去稍微偏僻的小平市住，虽然每天到东京中心区上班的通勤时间会接近一个半小时。

如此无可奈何的人生处境，使得本来有左派背景、当年才三十出头、意气风发的小文人椎名诚对警察、铁路职员、教员等每月领到固定薪水并得到政府津贴的各级公务员看不顺眼，处处发火。书中他大骂穿制服享受中产阶级生活的公务员，引起了广大无产阶级读者的拍手叫好。

"国分寺"代表的是小市民的无奈，"昭和轻薄体"则是弱者的呐喊。那么，"书店的婆婆"呢？恐怕她代表心理学所说的"内心母亲（Inner mother）"了。

国分寺书店，其实是站前一家旧书店。爱死书，却居住小房子的椎名诚，得每隔一段时间在自行车后边载上大量书本去中央线车站附近的旧书店卖书。虽然旧书店不仅一家，但是由老太太掌柜的国分寺书店水平杰出，使小文人椎名诚既尊敬又害怕。卖过书的人都知道，旧书店老板和顾客之间的关系，称得上是一种斗争：谁对书籍的知识多、爱情深，在买卖过程方能得利。

有一次，他去国分寺书店卖书，但是老太太对他一眼不瞥。也许，她记得前几天，椎名带湿透的雨伞进来，被她骂了："连一点常识也没有的家伙，滚出去！"也许，她猜到了他要卖的书都是垃圾。总之，战斗没开始，小文人自认失败，默默地走出去。

显而易见，跟铁路职员或站前派出所的警察不同，国分寺书店的婆婆是让椎名诚敬佩的。面对她，小文人犹如站在老师面前的学生、跪在妈妈面前的儿子，不知怎地，始终良心上有愧似的。离开书店以后，他禁不住揣测婆婆的心意。她究竟为什么没有理我？我到底有什么不对？在拉面店喝着啤酒小心翼翼的样子，跟平时大骂公务员的左派分子简直是两个人了。

整本书最后，椎名诚发现国分寺书店已经关门，对掌柜婆婆怀念至极。在后记里，他更说明：单行本问世之前，特地拜访原老板娘道歉了标题以及文中重复以"婆婆"一词称呼她的失礼。果然,人家是大知识分子,在日本文学研究界大有名气。

从前的成长小说,都以少年为主人公。社会进入后现代阶段以后,孩子气的青年、中年大量发生;今天的成长文学很多是为三十岁以上的人而写的。来自伦敦、纽约的单身女性故事比比皆是。在日本,昭和轻薄体的创始人椎名诚,可以说是儿童化大人的先驱。

月台理发店

国分寺的下一站,西国分寺纯粹为住宅区,除了当地居民以及在这儿换坐JR南武线的乘客以外,不大有人上下车。我任职的大学恰巧在南武沿线,每周两次上课回家的路上,都在西国分寺换车。站在月台上,无所事事,从一端走到另一端。结果发现,这个车站月台上,有两家与众不同的商店。

第一家是十分钟理发店,乃一律收一千日元(普通理发店、美容院的四分之一),花十分钟(也是四分之一),就完成剪发的。

之前,我在闹市区看到过几家,媒体上也曾有报道:在银座黄金地段开的一家,门前整天排成人龙。这种理发店没有洗头盆，而用吸尘器来清洁头发，因而能省洗头后又吹干的时间和麻烦。

我看到报道时就发生兴趣；毕竟，去美容院是人生最大的烦恼之一。我只是需要剪头发而已，然而对方总是要强卖种种幻想，例如换了发型会显得跟明星一样有魅力，整个命运从此开始转变，等等。虽然我理解多数人去美容院的目的就是沉浸于幻想，本人却不买这一套。早就下了决心清汤挂面平平凡凡过一辈子，衷心谢绝"美容辅导"的。

所以呢，我理想的剪发处是香港的上海理发店：技术可靠，价钱合理，实事求是。或者说，北京街头的露天理发店则更佳：一句废话也不说，人家一坐下来，剪刀马上开始动。

十分钟理发店的理念似乎正符合我的要求。只是，经几次观察，西国分寺站台理发店的顾客清一色为男性。他们在换车的几分钟里，跑进来投币买张剪发卡，一边把书包上衣交给助理，一边坐下来已经开始给师傅剪发。如果一切顺利，剪完头发能赶上下一班列车的。

有一天，下课回家的路上，我忍不住好奇心以及当日酷热的天气，终于打开站台理发店的门，问了师傅："是否专门为男性服务？"人家一口气回答说："没么回事，男女都行，你先买张卡吧。请坐，包包给她。要剪多少？"二十秒钟以后，剪刀已经在动了，效率高得真令人舒服。

个子矮，留胡子的师傅，年纪大约三十出头。另外三个

● 十分钟理发店收费是普通理发店的四分之一。

女理发师均为中年人,当时只有我一个顾客,她们闲得随便聊天打发时间。

我坐下来以后才发觉,店内其实不大干净,对卫生方面抱有不安,希望能快点离开。然而,师傅遇到少见的女顾客,似乎特别来劲的样子,剪刀用得特细特慢了。

过了二十分钟,两班列车来了又走,我仍旧给关在十分钟理发店里。但是,现在后悔也来不及。若说人生是一门学问,总得要给学费不可,大概今天就是我交钱的日子了。

月台拉面店

中央线各站的月台都有不同的乘客服务。一些车站有柜台荞麦面店（无座位）、冰淇淋自动贩卖机、火车便当店、面包店。当然最多是小卖部，出售热冷饮料、报刊、糖果、面纸、口罩、香烟等好多种小杂物。西国分寺站特别的地方，是有家很有名气的拉面店在月台上开着分店。

"直久"是一九一六年开业于银座的老字号日式拉面店。鸡骨熬成的汤底，用酱油调味，卷曲的面条上放有叉烧、紫菜、笋、葱花等。在各种拉面百花齐放的今天，直久的酱油拉面显得很传统、好古早。

我并不是个拉面迷，但是每次站在月台上都看到老字号的门牌和菜单，还是难免被吸引。

何况，每周五上完两堂课回到西国分寺站的时候，已经十二点四十五，肚子真饿得可以。虽然再坐两分钟的火车就能到家，但是恐怕没有剩余的力气自己做饭吃了。

算了吧。于是，中途给老公挂个电话，夫妻约在月台上，一见面就跑进"直久"，投币买餐票：两碗酱油拉面、两份锅贴……当然少不了两杯生啤酒了。月台分店相当狭窄，桌椅柜台都很小很小的。也难怪，绝大部分顾客都一个人进来匆匆吃完一碗汤面就走；平均停留时间不到十分钟。我们要边喝边吃边聊，似乎不大懂场合似的。

● 月台拉面店有怀旧的古早风味。

拉面的味道还不错。只是，环境气氛过于机械化，甚至冷漠。中午在外头吃饭的时候，我总觉得日本民族对感官快乐（尤其口福）的追求不够，禁欲主义过甚了！

第十七站：国立
在富士山脚下

老派风味的巡礼 | 大学通、ROJINA 茶房、邪宗门

白马王子的决定

国立是我婚后定居的地方。能够在清静的郊外生养孩子，颇为幸福。但是，最初，被未婚夫告知"在中央线国立站附近找到了蛮不错的房子"时，老实说，我心中是很不服气的。

国立这地名，早就听说过，是往年大歌星山口百惠嫁给影星三浦友和后住的地方。长期在《周刊新潮》上连载"男性自身"专栏的小说家山口瞳（跟百惠无关）也常在文章里讲到郊区生活的种种片段，例如：跟太太散步去附近的咖啡馆和通晓外语的文人老板聊天，或者戴草帽到球场去为当地中学队鼓劲等。

总的来说，国立是被人看得起的中产阶级住宅区。

● 国立站是木造的三角形屋顶。

那又怎么样？郊外不就是乡下吗？我心想。作为土生土长的东京人，我偏爱市区生活之喧闹。反而对郊外，专门抱有无聊、缺乏刺激等负面想象。如果自己去找房子的话，一定会在山手线内部的旧市区。

但是，未婚夫可不同。他是大阪人，到东京来上大学，毕业以后留下来的；对这座城市的感情逻辑，跟当地人不大一样。他最初住的学生宿舍在中央线西荻洼站附近，就职后租的房间也邻近荻洼。为了准备结婚，要在东京买房子时，沿着中央线轨道开始看物业。

东京的房地产向来以铁路来分区，各沿线的气氛和价格都不一样。中央线是我从小最熟悉的路线，而且算是房地产界的名牌。真得感谢老天爷细心的安排。由于我当时还在香港做事,具体的调查选择托他一个人办了。

但是,国立?有没有搞错方向?我心想,却没说出来。一来,物业是人家要出钱买的,我没资格说三道四。二来,好不容易遇到的白马王子,我无论如何都不想反对他作出的任何决定!

大学小镇

第一次在国立下车,我不由得深呼吸一番,空气明显比市内新鲜得多。看看四周,这个地方似乎有点像镰仓。

由内陆小镇联想到海边古都,出乎我本人预料之外。何况镰仓是学生时代多次去远足,充满快乐回忆的地方。应该说,我初识就被国立迷住了。

国立车站是古老的木造建筑,三角形屋顶涂成红色,看起来像格林童话里的糖果房子,讨人喜欢。圆形的站前广场相当宽阔,天空显得特别大。前边有樱树和银杏树的绿荫大道,叫做"大学通",是走过去就到名门一桥大学校园的缘故。

跟喧闹的市区比较,这里简直是别墅区了。其实,镰仓是自从十九世纪,东京阔人盖别墅夏天去避暑的地方。国立的来历不一样,乃一九二〇年代,箱根土地会社的堤康次郎社长（西武集团创始人，后来的众议院院长）参考德国格丁根（Gottingen）而策划的欧洲式大学小镇。不过，他之前从事过轻井泽别墅区的开发事业；那经验，说不定对"国立大学町"的设计有所影响。

中央线国分寺、立川间，本来没有火车站。堤康次郎看中轨道边的广大原野、杂木林，向南边谷保村的农民地主高价收买了土地。为了实现"大学町"计划，一方面，他成功推动新站开业（一九二六年）；另一方面，促使本来位于市中心的一桥大学（当时的东京商科大学）迁移过来（一九三〇年）。国立大学町的历史从此真正开始了。

后来被招引的国立音乐大学、东京女子体育大学、桐朋学园等多所学校，又加强了国立的学术气氛。堤社长蛮重视大学町的建设，不仅把总公司设在国立火车站对面，而且带全家大小搬过来住，为大学教员子弟以及自己的孩子们，创立了国立学园小学。

在早期的国立，除了学校以外，大企业的职工家属宿舍也相当多。其中，新闻协会购买的土地上，各报社盖了房子的"Press Town"充满传奇。

作家岚山光三郎的父亲，做多摩美术大学教授以前，曾任职于朝日新闻广告部。在Press Town长大的儿子，上当地的国立学园小学和桐朋学园中学，成年后在出版界出了名也不离开国立。他至今做了半世纪的居民，穿和服木屐打着扇子溜达溜达，偶尔在站前酒店门口拍卖自己的藏书。

当初，箱根土地会社出售的住宅用地，每一笔为二百坪，没有更小的区划，也不给租赁，为的是保持大学町的格调。结果，逐渐增加的国立民房，以日本标准来看，都可算是豪宅了。直到二十世纪末，才许可建设公寓大楼（如我们住的这一栋）。至今，在二百坪的土地上，三代同堂的家庭也并不少见。

市民对居住环境和景观，历来特别关心。一九五〇年代的住民运动争取到此地为永久性的文教地区。车站一带禁止饭店、夜总会、钢珠店、麻将店、高利贷等风化设施经营。弥漫东京各区而严重污染居住环境的下流商业设施，一律被排斥在国立市境之外。反之，每年春天，吸引多数外来游客的大学通樱花隧道，是当地义工整年操心照顾的成果。从年底到年初，由商店会出钱，在马路两边的银杏树上挂的灯光装饰，看起来像一排巨大的圣诞树，为过节时期添加欢乐气氛。

一下火车，我觉得空气新鲜，天空很大，果然不无根据。

咖啡馆与农村

国立市人口大约七万多，最大的产业仍旧是高等院校。一桥大学广大的校园是市民周末去散步吃野餐的好地方。兼松礼堂内，每年几次举行大学交响乐团和市民交响乐团的免费音乐会，很受附近居民的欢迎。十一月初，大学嘉年华和市民嘉年华同时开展；其间大学通禁止车辆进来，变为市民观看多种露天表演的场地。

每逢假日，从其他地方来逛街的人不少。平时的国立，基本上是蛮清静的。好在各校学生很多，年轻人为住宅区带来活力。

除了站前几家超级市场外，当地商店都是个人经营的小铺子。幸亏上一代买下了土地，现任老板一般另有房租收入，小铺子赚不赚钱都不大要紧。

在东京市区几乎已绝灭的老派咖啡馆，在这儿仍然保留着不少。在山口瞳书迷巡礼去的"ROJINA茶房"旁边，魔术师老板开的"邪宗门"也颇有特色。极为狭小的馆子里，到处都是不可思议的异国宝物之类。东京附近有好几家同名店，全是他的魔术弟子们开的。

这些年住在国立，我最欣赏的是，通过南边农村地带，联系到古老历史的感觉。

国立市由三个部分组成。离火车站往南一点五公里方圆内是以宽阔的绿荫大道为主轴的大学町。南边是七〇年代建设的工人新村，乃东西达两公里的大面积集体住宅区。再走过去，南武线轨道和大马路甲州街道那边，则是谷保农村地带了。

● 邪宗门（Jashumon）：国立市一丁目九番地三十号。电话：0425764250。

　　这里的历史蛮悠久。住民信仰的对象——谷保天满宫的典故则追溯到公元十世纪初。当年很著名的文章博士菅原道真在京都朝廷的政治斗争中失败而被流放到九州大宰府去。他幼小的三男则到此地来，父亲去世后奠基了天满宫。世袭神官至今已达第六十五代。

　　附近农家也多是世世代代居住超过一千年的老居民。他

● 从窗外望见富士山。

们保持古早的祭礼,也保持祖先开垦的田地,仍旧种大米、蔬菜、水果等维生。大学町的孩子们,每年几次从学校集体到谷保村庄去体验农业。

至于大人们,则高高兴兴购买当地生产的新鲜作物。每星期六上午,在国立火车站对面的多摩信用金库(原箱根土地总公司所在地)停车场,谷保农会成员出售当天早晨刚收割的蔬菜等。不同的季节有不同的作物,如:春天的竹笋,夏天的玉米、毛豆,秋天的栗子,冬天的萝卜。拿回家吃,味道跟超市买来的就是不一样。何况,从我家十二楼住房的餐厅窗户,能望到美丽的富士山。

虽然国立只是住宅区,没有什么值得特别骄傲的,但是从这儿看的富士山就是非常杰出。可能距离恰合适,因为太靠近的话,反而不常看到灵峰的全貌了。

若你不信,冬天空气寒冷的早晨,在国立下车看看吧。从站前广场,一步入往西南的商店街,对面就看到富士山,其巨大的程度令人不敢置信。相对来看,人则缩小成蚂蚁一般!真不愧路名为"富士见通"。

幸亏,我当初没有反对未婚夫要在国立买房子的决定。

第十八站：立川
静止在一八八九年

> **立川的历史痕迹** ｜ 一八八九年中央线终点站、一九二二年飞机场完工、一九二七年苏联飞机在此降落、一九二九年日本第一条定期航空路线、一九三七年由立川起飞的神风号抵达伦敦

从战争到繁荣

立川是中央线新宿以西，客流量最大的火车站。交通方便、买东西更为方便。

这儿是自古以来的航路（多摩川）和近代化的象征——铁路相交叉的地方。从奥多摩山区，一直沿着多摩川往东南下来的JR青梅线，以立川为终点站。接着，由黄色车厢的南武线，沿着下游直到河口的工业城市川崎。多摩都市单轨线，则在立川跟中央线轨道相交，连接着多摩南北两地区。

在交通要地，商业发展是自然的趋势。

JR 站房内，就有 GRANDUO 和 LUMINE 两栋购物中心；走北口陆桥能直接到达高岛屋、伊势丹、丸井等百货公司。家用电器店 Bic Camera、大型连锁 ORION 书房、欧式家具店等，各类专门店也鳞次栉比。

加上，GRANDUO 上层的"立川中华街"，除了餐厅、茶馆、食品店以外，连关公庙前算命先生都齐全，到了年初还有舞狮。

● 多摩市的单轨线在立川与中央线相交。

总之，东京西部居民要买东西，根本不必到市中心区去，来立川就可以了。

然而，立川并不是一贯如此繁荣的。在一九七〇年代，这个和平喧哗的商业区，曾是嚼着口香糖的美军士兵带日本妓女阔步而行的占领区。

● 立川在一九二二年时曾有机场。

立川飞机场：历史的足迹

立川的历史蛮悠久。有史前遗址，也有公元九世纪奠基的老庙。一八八九年，中央线（当年的甲武铁道）开通时，以立川为终点站。

一九二二年，立川飞机场完工。五年后，苏联飞机降落，乃第一次到日本来的外国飞机；从此立川成为国际机场了。一九二九年，日本头一条定期航空路线开通于立川—大阪之间。一九三七年，由立川起飞的朝日新闻社飞机"神风号"顺利抵达伦敦，创下了飞行时间的世界纪录。

虽然从一开始，立川飞机场便是军民共享的飞机场，但是直到太平洋战争开始以前，和平欢乐的话题也很不少。这情形在一九四一年十二月的珍珠港事件以后彻底改变了。立川是日本陆军飞行第五大队的所在地，在战争末期蒙受美军空袭多达十三次，遭到了严重的破坏。

一九四五年八月停战，美国部队马上进驻立川。一九五五年，当美方提出基地扩建计划时，引起了附近居民的激烈反对，乃所谓"砂川斗争"的开始。一九六九年，美军停用跑道。一九七七年，立川基地（原立川飞机场）终于回归日本。

战后的立川，曾有很长一段时间，以美军基地为最大产业，其中包括为士兵服务的餐饮娱乐业。老外红灯区的形象，

● 山田咏美以美军住宅为背景的文学作品《做爱时的眼神》。

就是那个时候形成的。

军队带来的美国文化也吸引了日本一部分年轻人。村上龙、山田咏美等小说家在年轻时候都住过美军住宅。他们主要出入青梅线福生站附近的横田基地。村上龙的出名之作《接近无限透明的蓝》，山田咏美的《做爱时的眼神》均以美军住宅为背景。

日本创作歌曲女王松任谷由实，出生为中央线八王子的老字号和服店女儿，中学时期常到立川基地内的酒吧、舞厅跟美国士兵交往。她早期（一九七〇年代）发表的作品中，《雨中火车站》《LAUNDRY GATE》等，描写当年经验的歌曲不少。

昭和纪念公园：酒徒的桃花源

立川飞机场回归日本以后，政府决定，在此建设公园来纪念昭和天皇即位五十周年。总面积达一百八十公顷的巨大公园，一九八三年部分开园以后，一直继续修建，花二十多年时间将要最后完成。

园内设有运动场、儿童游乐场、划舟池、戏水池、游泳池、日式庭园、烤肉区、迷你高尔夫球场、单车路等，应有尽有。最有吸引力的还是特别宽阔的大草地。每年春秋，每日都有来自多摩各地远足的幼儿园生、小学生们。

春天樱花盛开，夏天例行烟火大会，秋天的波斯菊一片如海，初冬的黄叶令人难忘，圣诞节前后的灯饰又浪漫至极。一年四季都有悦目的风景。再说，"雅乐"（八世纪学自唐朝，一直在日本宫廷中传下来的古代音乐）户外演出等，机会难得的各种节目也经常举行。

可以说，昭和纪念公园已经扎根于当地居民的生活中。恐怕今天的游客，多数不知道这里曾是美军基地。然而，躺在草地上，还偶尔听到军用直升机的声音，令游人感到稍微不安。原来，美军从立川基地撤退后，日本政府把一部分土地留下来给自卫队用。陆上自卫队东部方面航空队立川驻屯地的面积，其实跟昭和纪念公园差不多一样大。只是，平时在街上看不到穿制服的队员，大家也意识不到罢了。根据日美安全保障条约，美军继续利用的横田基地，也在距此仅仅几公里之处。

从立川沿着多摩河流往西北的青梅线，轨道两边的观光地点蛮多。

坐三十分钟的车到青梅，再徒步去河边釜之渊公园，乃夏天玩水、烤肉的好地方。

继续坐到日向和田，有春天赏梅花的佳地吉野梅乡。附近有《宫本武藏》的作者吉川英治故居作为纪念馆对外开放。

泽井站旁边的酿酒厂是酒徒的桃花源。

从御狱站坐公交车、转缆车抵达的御狱山顶，连仲夏白天也凉快舒服。

鸠之巢站旁边的峡谷瀑布很美丽，手工荞麦面特好吃。

终点站奥多摩是不折不扣的山区了。周边的露营设施很多，令人难以置信这儿还是东京都内。

第十九站：日野／八王子
这里不是东京

- **东京的另一面** | 车人形偶戏、干货店、丝绸
- **住在中央线最西端的居民** | 一九九七年直木奖得主浅田次郎与筱田节子

这儿是东京吗？

第一次在八王子下车，我的反应是："这儿是东京吗？"

在今天的行政区分上是，历史文化上倒不是。例如，八王子流传下来的偶戏"车人形"（演者坐小车在舞台上移动）是完全独特的，东京其他地区看不到的。

在我看来，八王子最不像东京的地方，乃街上的鱼店。鲜鱼摆得非常少，根本看不见东京湾钓上的所谓"江户前"小鱼，多半商品却为干货之类。

难道这里是山区？

看历史和地理，确实属于山区。

例如，昔日八王子生产的丝绸很出名，至今仍以桑葚（蚕饲）作当地象征。为了出口丝绸制品到国外，运输去港口城市横滨的路线叫作"丝绸之路"，对大部分东京人来说比中国新疆那一条还要遥远陌生。

八王子是东京西端的交通要地，JR横滨线和八高线（到群马县高崎市）都从这儿启程。在站前广场溜达溜达的中学生们，打扮得跟东京市区的同代人不一样，和多摩东部也不同。一看他们就知道是坐横滨线或八高线从外地来玩的乡下小孩了。

人们以为，信息产业如此发达的年代，全国各地（若不是世界各地）的生活方式早就划一了。然而，只要坐中央线到八王子来，就能证明这种看法并不符合事实。

怎么乡下小孩永远像乡下小孩？这对我来说是很大的谜。

开往横滨的列车。

卫星城市：美景启动想象力

我小时候，多摩新城刚开始建设不久，东京人普遍向往绿油油的丘陵上忽而出现的现代化小区。当年的八王子，无疑是东京地图上特别发光的一颗卫星。

本来集中于中心区的高等学府也一所一所地迁移到新城区来。光是八王子市内就有了二十一所大学。邻近日野市也有三所大学。

于首都西南角，不少人消耗着青春岁月。大学集中的八王子，符合年轻人口味的购物中心、食肆、娱乐设施相当多。再说，离市区远，物价水平相对便宜。对学生来说，不无优势。

八王子这些年失去过去的光辉，并不是当地人犯的错误。只不过，时尚不停地流动罢了。东京人向往的居住环境，有一天忽然从丘陵上的新城变成了湾区的高层公寓；令早就搬来西郊置业的人们目瞪口呆、哭笑不得。

一九九七年，同时获得了第一一七届直木奖的两个小说家：浅田次郎和筱田节子，一个住在日野，一个住在八王子，均为中央线最西端的居民。

浅田在东京市区长大，多次换过住所以后，为了寻找清静的写作环境而到日野定居。他在一次访问中说：在市区被水泥大楼围起来，写不出动人故事；窗外看得见美丽山水，作家的想象力才开始启动。

筱田则生长在八王子，大学毕业以后任职于八王子市政厅，婚后新居又置于八王子。她从来没离开过郊区故乡，就登上了文坛。

二十世纪初的中央线文士村，曾以高圆寺、阿佐谷、荻洼等地为中心。到了世纪末，两个直木奖作家同时由西端多

● 笙野赖子《无所作为》。

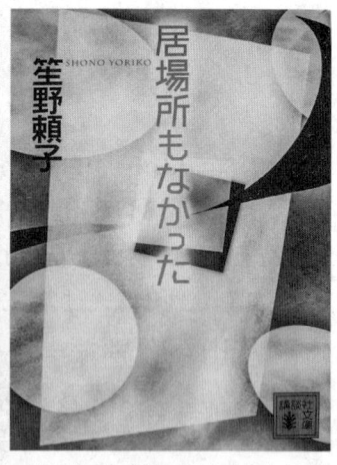

● 笙野赖子在《我无处待》这本书中描绘了单身女作家，为了找房子而遭遇的种种困难。

摩诞生，是否意味着文士村也移过来了？

　　文坛奇女笙野赖子的经历却证明，情况并不是那么简单。一九八一年，她以短篇小说《极乐》获得群像新人文学奖，决定从关西搬到东京来做个专业作家。

　　笙野对首都地理不熟悉，却觉得未出名之前住中心区超乎身份。于是打开不动产杂志，选择了最西端的住宅区八王子，找间只有五坪的小公寓住下来，每天从早到晚埋头写作。谁料到，从二十几到三十几，笙野花了整整十年工夫，方能出版第一本书《无所作为》。文中,她仔细描写单独生活在卫星城市的荒谬感。

八王子距离东京中心区大约四十公里,曾经拥有独特的历史与稳定的文化环境。然而,多摩新城建成以后,流动人口多起来。新居民的主要生活在东京市区进行,八王子只不过是晚上回来睡觉的地方。经营小家庭生育孩子是另一回事。但是,外地出身的未婚无名女作家单独住在这么个地方,根本不可能扎根,几乎没有跟邻居的来往。她逐渐失去现实感,甚至患上轻度精神病。

一九九四年,笙野赖子得到芥川奖,终于能够以笔维生了。有了一点钱,她要做的第一件事情便是离开八王子。从小平到中野到杂司谷,为了寻找寓所,单身女作家在首都各地所遇到的种种困难近乎恐怖小说。这经验,《我无处待》一书介绍得特别清楚。

之后的十年,她的住所逐渐往东横贯了东京。最后渡过江户川到对岸千叶县旧农村地带,为自己和一批猫儿买下了房子,以确保安全和平的居住、写作环境。

终站：高尾
并非完结的终点

> **东京神秘之旅** |
> 1 参观月台天狗像
> 2 参加冥想仪式：讲习会每月二十八日与第一个星期六，费用两千日元
> 3 坐缆车到药王院参观乌鸦天狗

天狗传说

离开东京站后大约一个小时，终于抵达了终点高尾站。横穿了武藏野台地，周围是不折不扣的山区，气温比市区低几度。

坐到终点的旅客当中，要爬高尾山（六百米高）的登山客占多数。对东京小孩来说，高尾是去远足的地方。

这儿是东京都的西南边疆，过条河就到神奈川县了。

月台上，巨大的"天狗"像迎接着来自东京的列车。天狗要么是红脸大鼻子或是绿脸乌鸦嘴，背后长着翅膀，乃日本传说中拥有特异功能的妖术家；至今是人们信仰的对象。

东京商店、民房的墙上，常常挂着上了暗红色油漆的天狗面具。发光的大鼻子容易引起猥亵联想，整体印象倾向幽默。但是，高尾站月台上的天狗面像可不同：高达二点四米，光是鼻子就有一点二米，重量则达十八吨，而且表情特别严肃，令人非敬畏不可。

高尾山的"天狗"历来很有名。佛教真言宗高尾山药王

● 巨大的天狗像迎接来自东京的列车。

● 传说中的天狗背后长有翅膀，是有特异功能的妖术家。

院奠基于公元七四四年。原来以药师如来为本尊，中世纪以后，却作为天狗居住的灵山闻名于世了。

山脚下的多摩各地，每年秋天在庙里举行的丰收节中，至今有高个子、红头发、大鼻子的天狗打着羽扇子出来，发着人们听不懂的语言，跟一对狮子一起狂跳舞蹈。

天狗到底是什么？

古代汉语中，天狗一词指流星；传到日本以后却拟人化了。据日本神话，当天孙神降临日本之际，带路的地神"猿田彦命"容貌魁伟、鼻长七尺、神通广大，乃天狗形象起源之一。又说，印度神话中的巨鸟"迦楼罗"到日本后变形为天狗了。

传统山岳信仰"修验道"的行者（俗称"山伏"）打扮得跟天狗颇为相似。公元七世纪，由妖术家役小角开创的"修验道"，最终目的为通过严厉冒险的山中修行而即身成佛。

山伏使的妖术曾在日本政治斗争中常被运用。明治维新后，虽然遭到了官方禁止并压迫，但是修验道从来没有断绝。

今天，高尾山仍有多数山伏。爬山的路上，传来他们吹海螺的低鸣声。在蛇瀑布、琵琶瀑布两地，身着白色装束的行者站在瀑布下冥想。正式的水行系每天七次连续二十一天才完成。为了有意入门者，每月二十八日以及第一个星期六都有讲习会，参加费是两千日元。须事先跟琵琶瀑布事务所[1]预定。

对日本人来说，山区向来跟平地不同，乃大自然的力量所控制的神秘圣地。各地山上都有山伏，也有天狗传说。这包括过去的天皇常去的京都南方熊野古地道区（世界文化遗产）。

坐缆车到高尾山顶，药王院门口的众多小商店个个都出

1　琵琶瀑布事务所：电话：0426679982。

售着大小不同、眼神严厉的天狗面具,要么红脸大鼻子要么绿脸乌鸦嘴。据传说,高尾山上住的是"乌鸦天狗"。很难分辨,它们究竟属于正义的势力,还是属于邪恶的势力。总之,无疑特别可畏。连远足到来的孩子们看到后都稍微惧怕,不会像平时一般胡闹。

显明界和幽冥界:连接皇家的阳与阴

位于江户城西南边的高尾山,正处于往富士山的路途上。

江户老百姓把富士山当作灵峰,纷纷参与了"富士讲"宗教活动。信徒走路去富士山,身着白色装束出入山腰的洞穴,乃是把灵峰比作母体,象征着死亡与再生的活动。不能老远到富士山去的信徒,则参拜江户各地的富士浅间神社。当年,高尾山的浅间神社也吸引了好多善男信女。

有位日本思想史家说,中央线轨道连接着"显明界"和"幽冥界",即阳间和阴间。

中央线起点东京站是一九一四年为了当时的大正天皇坐火车去访问各地而开业的中央停车场。他去世后,陵墓建于高尾站北边。一九二七年,为了运输棺材而特地兴建的新宿御苑临时车站,后来迁到高尾,使用至今;日本格式的木造车站房庄严如庙。

● 充满宗教气息的高尾站，连外观都有如寺庙。

后来，大正皇后，昭和天皇、皇后都在高尾的武藏陵墓地埋葬。中央线轨道的确连接着日本皇家的阳宅和阴宅了。

高尾山终究是江户—东京人的圣地。火车站的气氛跟中央线其他站不同，并不足为怪。

铁路永远延续下去

虽说是终点站，轨道并非到此为止。

从高尾返回东京站去的"中央线"橙色列车对面，停着淡紫色车身的"中央本线"普通列车，开往山梨县城甲府、长野县古城松元。

中央线通勤快车每几分钟有一班,中央本线慢车却半个钟头才有一班而已;运行频率大不相同。两者用的车厢也不一样。中央本线列车采用箱型四人座,挺合适于看着窗外风景吃便当的游客。

从高尾搭中央本线,下一个站就是神奈川县相模湖,乃人工湖边建设了游乐园、烤肉露营场的风景区。坐一个多小时的车,就到胜沼葡萄园站,当地以生产果酒闻名全国。再坐一个多小时,则到美丽的诹访湖温泉区。上诹访车站月台设有免费泡脚处,别有味道。附近高地有日本阿尔卑斯的别名,乃夏天避暑的好去处。终点松元则以国宝城堡出名。

中央本线到了松元,又要延续到名古屋去。铁轨永远不会到尽头。去名古屋,又是三个多小时的漫长路程了。坐快车,当然会快得多。不过,我总觉得,只要有时间,慢车之旅更为丰富。

Copyright© 新井一二三
All rights reserved
本书简体中文版由台湾大田出版有限公司授权

图字：09-2013-546 号

图书在版编目（CIP）数据

新井一二三的东京漫步地图 ：从橙色中央线出发 /（日）新井一二三著 . -- 上海 ：上海译文出版社，2024.9. -- ISBN 978-7-5327-9566-6

Ⅰ . I313.65

中国国家版本馆 CIP 数据核字第 2024XC2900 号

新井一二三的东京漫步地图
——从橙色中央线出发

[日] 新井一二三著
责任编辑 / 刘宇婷　　装帧设计 / 邵旻　　封面插画 / 张宇宁

上海译文出版社有限公司出版、发行
网址：www.yiwen.com.cn
201101 上海市闵行区号景路 159 弄 B 座
杭州宏雅印刷有限公司印刷

开本 787×1092　1/32　印张 6.5　插页 6　字数 88,000
2024 年 9 月第 1 版　2024 年 9 月第 1 次印刷
印数：0,001—5,000 册

ISBN 978-7-5327-9566-6 / I・5993
定价：56.00 元

本书中文简体字专有出版权归本社独家所有，非经本社同意不得转载、摘编或复制
如有严重质量问题，请与承印厂质量科联系。T: 0571-88855633